图说

西游

取经故事
年代记

上册

纸谜文化　编绘

电子工业出版社
Publishing House of Electronics Industry
北京·BEIJING

图书在版编目（CIP）数据

图说西游：取经故事年代记：上下册 / 纸谜文化编绘. -- 北京：电子工业出版社，2023.9

ISBN 978-7-121-46250-4

Ⅰ.①图… Ⅱ.①纸… Ⅲ.①《西游记》研究 Ⅳ.①I207.414

中国国家版本馆CIP数据核字(2023)第167690号

责任编辑：孔祥飞

印　　刷：北京宝隆世纪印刷有限公司

装　　订：北京宝隆世纪印刷有限公司

出版发行：电子工业出版社

　　　　　北京市海淀区万寿路173信箱　　邮编：100036

开　　本：787×1092　1/16　印张：15.25　字数：302.4千字

版　　次：2023年9月第1版

印　　次：2025年5月第2次印刷

定　　价：79.00元（全两册）

凡所购买电子工业出版社图书有缺损问题，请向购买书店调换。若书店售缺，请与本社发行部联系，联系及邮购电话：（010）88254888，88258888。

质量投诉请发邮件至zlts@phei.com.cn，盗版侵权举报请发邮件至dbqq@phei.com.cn。

本书咨询联系方式：（010）88254161～88254167转1897。

目录

CONTENTS

图说

游

取经故事 年代记

周简王七年

甲　石猴出世
乙　称王水帘洞
丙　三犀化形
丁　六树成精

石猴出世 SHI HOU CHU SHI

东胜神洲傲来国内花果山上有一仙石，石产一卵，见风化一石猴，眼运金光，射冲斗府。服饵水食，金光潜息。玉帝知后，垂赐恩慈曰："下方之物，乃天地精华所生，不足为异。"

为什么是周简王七年？

根据《西游记》原文，我们可以知道，孙悟空被压在五行山下的确切时间是王莽篡汉之时，即新朝元年。又从《西游记》第三回中孙悟空闹地府的内容可知，他已经活了三百四十二年，再根据西游世界观中"天上一天，地下一年"的设定，将孙悟空所经历的各个事件的时间进行计算，即可得到石猴出世在周简王七年这个年份，即公元前五百七十九年。

释疑

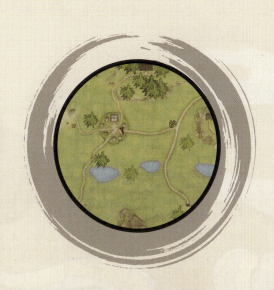

这部书单表东胜神洲。海外有一国土，名曰傲来国。国近大海，海中有一座名山，唤为花果山。此山乃十洲之祖脉，三岛之来龙，自开清浊而立，鸿蒙判后而成。原

其余三洲具体介绍请见016页

关键词索引：东胜神洲

东胜神洲位于须弥山东方的咸海中，本洲的众生人身殊胜，因此以身胜为名。殊胜的含义为"事之超绝而稀有者"。《长阿含经》卷十八说："须弥山东有天下，名弗于逮，其土正圆，纵广九千由旬；人面亦圆，像彼地形。"本洲有三事殊胜：土地极广、极大、极妙。

原 ◀ 《西游记》原文索引

甲

关键词索引：傲来国

　　吴承恩在创作《西游记》时，参考了其家乡江苏的水土风貌，将自己所熟知的地理环境，经过再创作后融入到了故事里。我国境内有多地都自称是西游文化的发源地，但符合《西游记》开篇词"海外有一国土，名曰傲来国。国近大海，海中有一座名山，唤为花果山"地理方位的，只有江苏连云港一处。

　　注：康熙五十年即公元 1711 年，海水东退，连云港由海岛成为陆地。

关键词索引：吴承恩

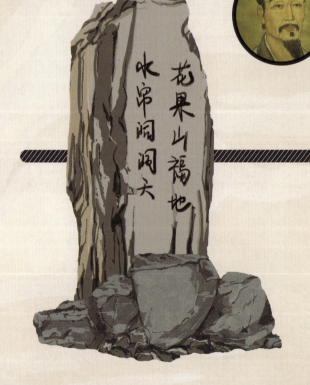

吴承恩（约 1500—1583 年），男，字汝忠，号射阳。我国古代著名小说家，《西游记》的作者。其自幼便博览群书，对神话传说格外感兴趣。他在嘉靖时期中补贡生，在 1566 年任浙江长兴县丞，仕途不顺，晚年弃官归隐，闭门著述。游

游 ◀ 本书中的知识点

　　翠藓堆蓝，白云浮玉，光摇片片烟霞。虚窗静室，滑凳板生花。乳窟龙珠倚挂，萦回满地奇葩……看罢多时，跳过桥中间，左右观看，只见正当中有一石碣。碣上有一行楷书大字，镌着"花果山福地，水帘洞洞天。"原

关键词索引：花果山水帘洞

花果山水帘洞为《西游记》中的地名，位于东胜神洲傲来国。洞天福地乃道教语，指神道居住的名山胜地，传说共有十大洞天、三十六小洞天、七十二福地。

延伸阅读

现实世界中的花果山

在我国连云港市南云台山中麓有一座花果山，唐宋时称苍梧山，亦称青峰顶，为云台山脉的主峰，是江苏省诸山的最高峰，被誉为"海内四大名灵"之一。著名诗人李白游览至此时曾这样赞叹道："明日不归沉碧海，白云愁色满苍梧。"

石猴
SHI HOU

石猴出生于娑婆世界东胜神洲傲来国花果山，由开天辟地以来的仙石孕育而生。但仙石并非毫无来历，该仙石位于十洲三岛的祖脉上，其高围按二十四气，其上窍孔对应九宫八卦。如来佛祖曾说，世上有混世四猴，第一就是灵明石猴。

而关于孙悟空是不是灵明石猴也众说纷纭。有人认为，明朝王守仁的《大学问》中曾记载："何谓心？身之灵明，主宰之谓也。"因此灵明所指代的便是内心，而孙悟空在原作中被称为心猿，这刚好与灵明符合。

关键词索引：石猴

甲

关键词索引：玉皇大帝

玉皇大帝
YU HUANG DA DI

《西游记》中玉皇大帝出场于第一回，是万神世界的最高统治者，全称为"高天上圣大慈仁者玉皇大天尊玄穹高上帝"。

他总管着三界（天上、地下、空间），十方（四方、四维、上下），四生（胎生、卵生、湿生、化生），六道（天、人、魔、地狱、畜生、饿鬼）的一切阴阳祸福。

相关传说

很久以前，有个光严妙乐国，国王净德和王后宝月光老年无子，于是令道士举行祈祷。事后，王后梦到太上老君将一婴儿赐给了她，梦醒后便有了身孕。一年后，太子于丙午岁正月九日午时诞生于王宫。太子长大后继承王位，不久后舍国去普明香严山中修道，功成超度。经过三千劫始证金仙。又超过亿劫，始证玉皇大帝。

甲

信仰习俗

① 每年的腊月廿五，玉皇大帝要降临下界，亲自巡视察看各方情况。依据众生道俗的善恶良莠来赏善罚恶。这一日民间多设香案摆放供品以迎接玉皇大帝。这一活动也被称为"斋天"。

② 正月初九为玉皇大帝诞辰，俗称"玉皇会"，传言天上地下的各路神仙在这一天都要隆重庆贺。玉皇大帝在其诞辰日的下午回銮返回天宫，这时道教宫观内均要举行隆重的庆贺科仪。

玉皇大帝的姓氏

关于玉皇大帝的姓氏，民间众说纷纭，而在《西游记》中，玉皇大帝应该姓张，可见《西游记》第五十二回，其中有这样一句话："绑见玉皇张大帝，曹官拷较罪该当。"

③ 我国古代先民信仰"帝"和"上帝"，他们认为其是支配世间一切秩序的最高神。隋唐时期，玉皇大帝的信仰更盛，唐代诗人白居易的《梦仙》中就有"仰谒玉皇帝，稽首前致诚"的诗句，诗人元稹《以州宅夸于乐天》一诗中亦有"我是玉皇香案吏"之类的句子。

玉皇大帝与西王母

在正统道教的神仙体系中，玉皇大帝与西王母并非夫妻关系，西王母由先天阴气凝聚而成，是所有女仙之首，掌管昆仑仙岛。所有男仙之首为先天阳气凝聚而成的东王公，其掌管蓬莱仙岛。而玉皇大帝为群仙之首，众神之主。西王母的出现比玉皇大帝要早，所以他们不是夫妻。只有中国民间的故事和小说，才认为玉皇大帝和西王母是夫妻。

甲

惊动高天上圣大慈仁者玉皇大天尊玄穹高上帝，驾座金阙云宫灵霄宝殿，聚集仙卿，见有金光焰焰，即命千里眼、顺风耳开南天门观看。⑩

关键词索引：千里眼、顺风耳

千里眼、顺风耳是道教中的两位守护神，地位虽然不高，但是流传却很广泛。这两位神分别拥有特异功能，千里眼能够看到千里之外的事物，顺风耳则能听到千里之外的声音。

这两位神被道教纳入神仙体系，成为该教的守护神，他们的塑像一般被安置在宫观的大门口，同时又在他们的旁边加了两位武士，合称"四大海神"。

千里眼
QIAN LI YAN

根据《天妃显圣录》所说，千里眼、顺风耳原为西北方金精、水精。金精具有火眼，能见千里之外的事物；水精则听力灵敏，能听见千里外的声音。二位精怪经常出没西北为害民众，后来妈祖出面收服他们，并使其成为妈祖的部将。

顺风耳
SHUN FENG ER

延伸阅读

人物原型

在一些文艺作品中以古代的两位人物作为千里眼和顺风耳的原型，他们分别是离娄和师旷。离娄是传说中的人物，能在很远的地方看到动物身上细毛的毛尖；师旷则是古代一位著名的音乐家，双目失明。

甲

在我国福建等地区建立着大量的妈祖庙，在妈祖庙内可以看到"千里眼""顺风耳"两尊金刚陪祀于妈祖神像左右。

妈祖除妖

相传千年以前，在位于湄洲屿的桃花山上，有两怪为非作歹，残害百姓。妈祖得知此事后，携法器上山，经过一场艰苦卓绝的斗法后，两怪愿意改邪归正，随妈祖修行，辅佐她为民除害。这两怪便是千里眼与顺风耳。

延伸阅读

文物古迹

在举世闻名的大足石刻石门山石窟中，有一尊玉皇大帝造像龛，玉皇大帝造像旁有两尊高一米八二的造像，便是千里眼与顺风耳。其中顺风耳位于造像龛右侧，头部有所损坏，但仍能从其咧嘴的动作看出他正在用力倾听，他的右手在身前紧握一器物，该器物前面的形状类似木棒，下端的绳带从顺风耳的颈后绕过，又搭于身前。这种器物很像一种蛇，应是做听筒之用。

在《列子·汤问》中的《愚公移山》故事里，就有"操蛇之神闻之"的说法，说的是神将隔空听闻愚公移山之事后禀报给了天帝。这个应该是最早的顺风耳原型了，他手上的蛇便起到类似听筒的作用。

延伸阅读

史书记载

千里眼、顺风耳在道教中的地位虽然不高，流传却很广泛。关于他们的典故广泛记载于史书当中。《魏书·杨播传》中就有记载："虽在暗室，终不进，咸言'杨使君有千里眼，那可欺之'。"

甲

称王水帘洞
CHENG WANG SHUI LIAN DONG

石猴纵跃山林间，与众猴嬉戏，一日挺身而出，跃入水帘洞，被众猴簇拥为王，号"美猴王"。

三犀化形 SAN XI HUA XING

西牛贺洲金平府青龙山三犀日听佛法，夜观天文，朝有顿悟，化形为妖，号辟寒、辟暑、辟尘。

金星道："那是三个犀牛之精。他因有天文之象，累年修悟成真，亦能飞云步雾……行于江海之中，能开水道。似那辟寒、辟暑、辟尘都是角有贵气，故以此为名而称大王也。若要拿他，只是四木禽星见面就伏。"原

关键词索引：三犀

三犀成精后各号辟寒大王、辟暑大王、辟尘大王。辟寒大王手持钺斧，排名第一，辟暑大王使一把钢刀，辟尘大王的兵器则是少见的藤纥褡，三妖都能腾云驾雾，精通各种变化。

辟寒大王 BI HAN DA WANG

辟暑大王 BI SHU DA WANG

辟尘大王 BI CHEN DA WANG

名号由来

《本草纲目兽二·犀》中说："又《山海经》有白犀，白色；《开元天宝遗事》有辟寒犀，其色如金，交趾所贡，冬月暖气袭人；《白孔六帖》有辟暑犀，唐文宗得之，夏月能清暑气；《岭表录异》有辟尘犀，为簪梳带胯，尘不近身；《杜阳编》有蠲忿犀，云为带，令人蠲去忿怒，此皆希世之珍，故附见之。"《西游记》中的人名、地名由来，绝非作者的心血来潮，其中考究，由此可见一斑。游

丙

六树成精 LIU SHU CHENG JING

　　东胜神洲荆棘岭常有文人相聚，其中六树松、柏、桧、竹、枫、杏听得文章精妙，忽化人形，建木仙庵，终日请客访友，研究诗文。

　　十八公道："霜姿者号孤直公，绿鬓者号凌空子，虚心者号拂云叟。老拙号曰劲节。"三藏道："四翁尊寿几何？"孤直公道："我岁今经千岁古……"㊉

关键词索引：六树

延伸阅读

名称含义

十八公：典故名，典出《三国志》卷四十八〈吴书·三嗣主·孙皓传〉。指松。拆"松"为"十八公"三字，因以为别称。

孤直：形容松、竹之类的植物姿态高而挺直。　**凌空**：桧树通常能生长至二三十米之高，故有凌空之称。　**拂云**：用来形容松、竹之类的植物高大。　**赤身鬼**：枫树叶红，故有此称。

庄襄王三年

甲 石猴得长生

乙 白骨化妖

丙 黑熊成形

丁 花果山遭难

石猴得长生 SHI HOU DE CHANG SHENG

花果山石猴为求长生之道，经通背猿猴指引，漂洋过海，于南赡部洲辗转八九年，之后又至西牛贺洲，得樵夫指引，入灵台方寸山，拜师菩提祖师，得名孙悟空。

通背猿猴 TONG BEI YUAN HOU

只见那班部中，忽跳出一个通背猿猴，厉声高叫道："大王若是这般远虑，真所谓道心开发也！如今五虫之内，惟有三等名色，不伏阎王老子所管。"[原]

关键词索引：通背猿猴

通背猿猴初登场于《西游记》第一回，此处的"背"应是误写，应作"臂"，属混世四猴之一。如来佛祖曾道："第三是通臂猿猴，拿日月，缩千山，辨休咎，乾坤摩弄。"

而在《西游记》原文中，这只"通背猿猴"给石猴指明了修炼方向，间接让其成为之后威震寰宇的"齐天大圣"，简直可以说得上是石猴的第一位师父了。

延伸阅读

通臂猿猴为传说中六道众生之外的灵物。在《三遂平妖传》中的通臂猿猴是白猿公，曾在楚地修炼千年，徒手接住楚王十八支箭。

甲

关键词索引：四大部洲

　　《西游记》中的世界观大部分取材于佛道两教中的设定，四大部洲又称四洲、四大洲、四天下，是中国佛教中认为的在须弥山周围咸海中的四大洲，分别为东胜神洲、西牛贺洲、南赡部洲、北俱芦洲。读法为：东，胜神洲；西，牛贺洲；南，赡部洲；北，俱芦洲。而在石猴学艺这部分里，吴承恩用一种很巧妙的方式对这几大部洲进行了串联科普。

南赡部洲

　　石猴径向大海波中，趁天风，来渡南赡部洲地界，他摇摇摆摆，穿州过府，在市尘中，学人礼，学人话。朝餐夜宿，一心里访问佛仙神圣之道，觅个长生不老之方。

　　此处提到的南赡部洲位于须弥山南方，此洲盛产阎浮树，又出产阎浮檀金。其地形如车厢，人面亦然。此洲人民，勇猛强健而能造业行、能修梵行、有佛出世其土地中，因此三事胜于其他三洲及诸天。

西牛贺洲

　　石猴参访仙道，无缘得遇。在于南赡部洲，串长城，游小县，不觉八九年余。忽行至西洋大海，他想着海外必有神仙。独自依前作筏，又漂过西海，直至西牛贺洲地界。

　　西牛贺洲位于须弥山西方，以牛、羊、摩尼宝作为货币进行买卖交易。其地形如满

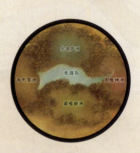

月，人面亦如满月，此洲有殊胜三事，即：多牛、多羊、多珠玉。

北俱芦洲

　　位于须弥山北的咸海中，洲形四方，每边各长二千由旬，状如盒盖，由七金山与大铁围山所围绕，黄金为地，昼夜常明。

东胜神洲
具体介绍
请见 003 页

甲

关键词索引：灵台方寸山

灵台方寸山上斜月三星洞，位于西牛贺洲，乃菩提祖师的道场。道场名称暗寓"寻心"两字，寻是灵的上部分加寸，灵台是心，方寸是心，斜月三星是心，斜月是心下面的弯钩，三星是三个点。

延伸阅读

现实中的灵台方寸山

今甘肃省灵台县境内，有一灵台方寸山，又名高志山，与灵台荆山公园并足而立，该山远看一峰独起，造型俊逸，山间有无影树，"孤峰午照"是灵台八景之一。民间传说，该山就是《西游记》中孙悟空的学艺之地。

关键词索引：菩提祖师

菩提祖师是古典名著《西游记》中的一位祖师级人物，收孙悟空为徒，传授他大品天仙诀、七十二般变化、筋斗云，却要求孙悟空出师后不能提起自己。其桃李遍天下，常有三四十人随他修行。

菩提祖师

PU TI ZU SHI

菩提祖师初登场

"见那菩提祖师端坐在台上，两边有三十个小仙侍立台下。果然是：

大觉金仙没垢姿，西方妙相祖菩提；
不生不灭三三行，全气全神万万慈。
空寂自然随变化，真如本性任为之；
与天同寿庄严体，历劫明心大法师。"

甲

大品天仙决、地煞七十二变、天罡三十六变、筋斗云，道门三百六十旁门神通

神通法术

延伸阅读

三教合一

不管是佛道合一的名字，还是道家的气质和打扮，以及儒家的行事思想，都反映出菩提祖师这个角色映射了明朝中叶三教合一的思想潮流。菩提祖师讲道的场景也能体现这一点，《西游记》中说他"妙演三乘教，精微万法全……说一会儿道，讲一会儿禅，三家配合本如然。"三教合一的潮流由此可见一斑。

白骨化妖
BAI GU HUA YAO

东胜神洲乌斯藏国白虎岭骷髅山中一森森白骨怨气不消，煞气凝华，有成妖之相。

行者道："他是个潜灵作怪的僵尸，在此迷人败本；被我打杀，他就现了本相。他那脊梁上有一行字，叫做'白骨夫人'。"原

白骨夫人 BAI GU FU REN

关键词索引：白骨夫人

　　白骨夫人又称白骨精、尸魔，本是白虎岭上一具女尸白骨，后得机缘造化成为妖精。在原著中，白骨夫人并无"白骨精"的称呼，该称呼是受到了一些《西游记》衍生作品的影响。虽然她在原著中只占了不到一回的篇幅，但很重要的是，她是第一个表达了"吃唐僧肉可得长生"这个设定的妖怪。

黑熊成形 HEI XIONG CHENG XING

　　东胜神洲黑风山内，一黑熊得道，修成人形，号"黑风"，喜好交友，酷爱佛家经书。

　　院主道："老爷不问，莫想得知。我这里正东南有座黑风山。黑风洞内有一个黑大王。我这老死鬼常与他讲道。他便是个妖精。别无甚物。"原

黑熊怪 HEI XIONG GUAI

乙丙

关键词索引：黑熊怪

　　黑熊怪又称熊罴怪、黑熊精，该妖不同于其他凶悍精怪，他心存善念，情趣高雅。

　　观音院中失了火，他第一反应不是趁火打劫，而是大惊着说："呀！这必是观音院里失了火，这些和尚好不小心！我看时，与他救一救来。"然后立刻便去救火。

　　连孙悟空进了黑风山，见到妖洞中贴着的"静隐深山无俗虑，幽居仙洞乐天真"一联时，也不禁赞叹："这厮也是个脱垢离尘知命的怪物。"

　　黑熊怪与其他妖怪的区别由此可见一斑。

黑缨枪

神兵法宝

延伸阅读

黑风山

黑熊怪的洞府在黑风山，山名听起来阴森恐怖，但却是一处万壑争流、千岩竞秀的风水宝地。现实中也有不少黑风山，其中最出名的一座位于我国云南省境内，该山呈南北走向，群峰耸立、连绵起伏，方圆 100 多平方公里，平均海拔为 2500 米。

丙

花果山遭难
HUA GUO SHAN ZAO NAN

混世魔王
HUN SHI MO WANG

花果山中群猴无主，其山正北水脏洞中混世魔王乘虚而入，于花果山中大肆劫掠。

悟空闻说，心中大怒道："是什么妖魔，辄敢无状！你且细细说来，待我寻他报仇。"众猴叩头："告上大王，那厮自称混世魔王，住居在直北下。"原

混世魔王，《西游记》中的角色。头戴乌金盔，映日光明；身挂皂罗袍，迎风飘荡。下穿着黑铁甲，紧勒皮条；足踏着花褶靴，雄如上将。腰广十围，身高三丈。

关键词索引：混世魔王

连环大刀

神兵法宝

延伸阅读

水脏洞

该"脏"字并不是肮脏之意，而是脏腑之意。在《西游记》中，水脏洞作为混世魔王的洞府，其灵气浓郁程度，丝毫不低于水帘洞，汇聚龙凤之相，乃三界坎源山。坎，为八卦之一，代表水。水源之山，定然生机勃勃。

秦王政九年

戊 丁 丙 乙 甲

猴王归来

龙宫丧神珍

妖王聚义

九幽十类尽除名

一受招安

猴王归来 HOU WANG GUI LAI

孙悟空艺成被逐，腾云飞还花果山，怒斩混世魔王，抢掠傲来国兵器库，分封四猴为健将，将安营下寨、赏罚诸事，都付予四健将维持。

猴王将那四个老猴封为健将；将两个赤尻马猴唤做马、流二元帅；两个通背猿猴唤做崩、芭二将军。原

关键词索引：四健将

《本草纲目·兽部》在谈及猕猴时，曾列举其有沐猴、胡孙、王孙、马留、狙等别名。不难发现，其中的"马留"就是"马流"。在《西游记》第十五回中，观音菩萨也曾骂顶撞自己的孙悟空为"大胆的马流"。

南宋的《桐江诗话》中也曾以"马留"代指猴子，而"崩芭"也是猴子的别名。现在大众之所以习惯性地认为二元帅是马元帅、流元帅，二将军是崩将军、芭将军，盖因 20 世纪 50 年代，人民文学出版社出版《西游记》时，在"马流"和"崩芭"中间都加上了顿号，其影响力一直持续到现在。

四健将 SI JIAN JIANG

延伸阅读

蒙古语中崩芭代表"虎将"，即英勇猛将。在元代，西游故事通过话本、评书等艺术方式流行天下，与各个民族的文化相互交融，这在后世也间接影响到了吴承恩的创作。除了孙悟空座下有两名崩芭虎将，碧波潭也有两名虎将，即奔波儿灞和灞波儿奔，其名字可能也是"崩芭"一词的变化。

龙宫丧神珍 LONG GONG SANG SHEN ZHEN

孙悟空大闹水晶宫，得定海神珍铁，振臂一呼，水族畏服，四海龙王献上披挂。

"大王，观看此圣，绝非小可。我们这海藏中，那一块天河底的神珍铁，这几日霞光艳艳，瑞气腾腾，敢莫是该出现，遇此圣也？"原

延伸阅读

金箍棒的原型

在《佛本行集经》卷十三中描写的净饭王的弓和悉达太子施弓的情形，以及对四周造成的震动，被认为很像孙悟空取金箍棒的故事情节。敦煌写卷《庐山远公话》中的一则故事提到与树神等身的铁棒，以及长叩铁棒三下，鬼神俱至的情节，被认为是中国传统文学中将铁棒作为法器的先例，这二者的结合可能就是金箍棒的原型。

关键词索引：定海神珍铁

定海神珍铁即如意金箍棒，简称"如意棒"或"金箍棒"，也叫"灵阳棒""天河镇底神珍"。如意金箍棒原本就是兵器，由太上老君炼制，"如意金箍棒"这个名字也是太上老君所取，并刻在棒身上，是其最初的名字。后来被大禹借走治水，才被大禹取了第二个名字"天河定底神珍铁"。

在东海时它有斗来粗、二丈余长。后来孙悟空将其调整为最适合自己的丈二长短、碗口粗细，平时则将其缩成绣花针大小并藏在耳内。

东海龙王
DONG HAI LONG WANG

龙王慌了道："上仙，切莫动手！切莫动手！待我看舍弟处可有，当送一副。"悟空道："令弟何在？"龙王道："舍弟乃南海龙王敖钦、北海龙王敖顺、西海龙王敖闰是也。"⑨

关键词索引：四海龙王

东海龙王名敖广，居于东海的海底水晶宫，乃司雨之神、海洋之神。我国以东方为尊位，按《周易》的说法，东为阳，故此东海龙王排在龙王之首，《西游记》中也采用了这个设定。早在神话书籍《三教搜神大全》中，东海龙王就被哪吒所杀。

延伸阅读

《三教搜神大全》是叙述我国古代民间宗教人物列传和神仙事迹的著作典籍，前后两集，共有七卷，大约元代成书，明代完本（1368—1644年），作者不详。后世包括《西游记》在内的许多神魔小说，都从中汲取了大量素材。

西海龙王
XI HAI LONG WANG

西海龙王名敖闰，初登场于《西游记》第三回，性格沉稳，是西游故事中的关键线索人物。其膝下两子小白龙、摩昂太子，以及妹夫泾河龙王和外甥小鼍龙皆在《西游记》中有所登场。

北海龙王 BEI HAI LONG WANG

北海龙王名敖顺，登场于《西游记》第三回，给孙悟空献上了藕丝步云履。

在道家经典《太上洞渊神咒经》中记载的四海龙王分别是：东海敖广、西海敖闰、南海敖钦、北海敖顺。而在《西游记》中有些章节里敖闰是北海龙王，而敖顺是西海龙王。

延伸阅读

龙自诞生以来，在我国的历史当中就扮演着极其重要的角色。据传，龙的起源来自人首蛇身的伏羲氏，而蛇就是龙的原型。

南海龙王名敖钦，其脾气在四海龙王中算是最为火爆的，这一点在原文中有所展现："其敖钦闻言，大怒道：'我兄弟们，点起兵，拿他不是！'"

延伸阅读

关于龙的形象来源众说纷纭，有鳄鱼说，有蛇说，另有不少人认为是来源于猪，也有人说龙就是我国古代先民在看到闪电时幻想出来的。现在比较统一的说法是，龙是以蛇为主体的图腾综合物，其是由蛇身、猪头、鹿角、牛耳、羊须、鹰爪、鱼鳞组合成的一个图腾。

南海龙王 NAN HAI LONG WANG

妖王聚义 YAO WANG JU YI

此时又会了个七弟兄，乃牛魔王、蛟魔王、鹏魔王、狮驼王、猕猴王、獶狨王，连自家美猴王七个。○原

孙悟空腾云驾雾，遨游四海，行乐千山。施武艺，遍访英豪；弄神通，广交贤友，妖王聚义。

关键词索引：七妖王

孙悟空在花果山遍访英豪之时，结识了牛魔王等六大魔王，七人结拜为兄弟。后孙悟空大闹天宫，自称齐天大圣，其他六大魔王也都各称大圣。

七妖王排名

第一．牛魔王（平天大圣）

具体介绍请见 075 页

第二．蛟魔王（覆海大圣）
第三．鹏魔王（混天大圣）
第四．狮驼王（移山大圣）
第五．猕猴王（通风大圣）
第六．獶狨王（驱神大圣）
第七．美猴王（齐天大圣）

延伸阅读

獶狨指的是金丝猴。唐代陈藏器的《本草拾遗》中说："狨生山南山谷中，似猴而大，毛长，黄赤色。"《说文解字》中说："獶，母猴属，头似鬼。似猕猴而大，赤目长尾，亦曰沐猴。"

九幽十类尽除名
JIU YOU SHI LEI JIN CHU MING

地府误勾猴王魂魄，遭致浩劫，生死簿之上，花果山猴族姓名皆被销。

唬得那牛头鬼东躲西藏，马面鬼南奔北跑，众鬼卒奔上森罗殿。[原]

关键词索引：牛头马面

牛头 NIU TOU

马面 MA MIAN

牛头马面为幽冥界鬼卒，负责勾魂差事。其形象取材于佛教中的勾魂使者。据佛家经典《佛说铁城泥犁经》中说阿傍为人时，因不孝父母，死后在阴间为牛头人身，担任巡逻和搜捕逃跑罪人的差役。

而该形象一开始传入我国时，只有牛头。由于我国古代老百姓讲究成双成对，便又为牛头搭配上了马面这个搭档。

牛头马面之说在我国民间广为流传，之后又融入了道教体系，成为了阴曹地府中的差役。这一改动影响甚大，以至于如今在我国的大部分佛寺中很少见到牛头马面，其形象反而经常出现在城隍庙、阎王庙中。

延伸阅读

宋代释道原所撰的《景德传灯录》卷十一："释迦是牛头狱卒，祖师是马面阿婆。"

十王躬身道："我等是阴间天子十代冥王。"孙悟空道："快报名来，免打！"十王道："我等是秦广王……"^原

关键词索引：十代冥王

十代冥王即十殿阎王，是指冥界主管地狱的十个阎王，初登场于《西游记》第三回。

第一殿
秦广王，二月初一日诞辰，专司人间天寿生死，统管幽冥吉凶、善人寿终。

第二殿
楚江王，三月初一日诞辰，司掌活大地狱，又名剥衣亭寒冰地狱。

第三殿
宋帝王，二月初八诞辰，司掌黑绳大地狱。

第四殿
仵官王，二月十八日诞辰，司掌合大地狱，又名剥戮血池地狱。

第五殿
阎罗王，正月初八日诞辰，前本居第一殿，因怜屈死，屡放还阳伸雪，降调此殿。司掌叫唤大地狱。

第六殿
卞城王，三月初八日诞辰，司掌大叫唤大地狱，以及枉死城。

第七殿
泰山王，三月二十七日诞辰，司掌热恼地狱，又名碓磨肉酱地狱。

第八殿
都市王，四月初一日诞辰，司掌大热大恼大地狱，又名恼闷锅地狱。

第九殿
平等王，四月初八日诞辰，司掌丰都城铁网阿鼻地狱。

第十殿
转轮王，四月十七日诞辰，专司各殿解到鬼魂，分别善恶，核定等级，发四大部洲投生。

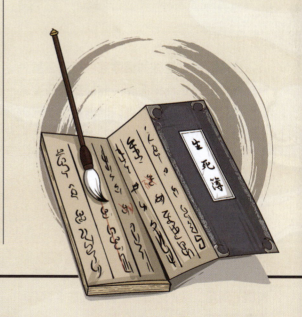

延伸阅读

生死簿
生死簿又名生死册，记载着三界中一切生灵的寿数，秦广王以此为依凭，差遣手下进行勾魂索命。

一受诏安 YI SHOU ZHAO AN

敖广、秦广王上天庭状告孙悟空，天神震怒，太白奉旨入凡间，孙悟空一受招安，上任弼马温。

玉帝道："那路神将下界收伏？"言未已，班中闪出太白长庚星，俯首启奏道："……臣启陛下，可念生化之慈恩，降一道招安圣旨，把他宣来上届，授他一个大小官职……"原

太白金星

TAI BAI JIN XING

关键词索引：太白金星

太白金星在道教神话体系中只是玉皇大帝的信使，但在我国民间，他却是知名度最高的神仙之一，其中缘由，离不开吴承恩在《西游记》中为其塑造的形象。在《西游记》中，太白金星名李长庚，法力广大，在天界颇具地位，并且为人和善。

名称的由来

太白即金星，金星即太白，又名启明、长庚、明星。据《诗经·小雅·大东》记载："东有启明，西有长庚。"

另据《史记·天官书》曰："察日行以处位太白。"正义引《天官占》云："太白者，西方金之精，白帝之子，上公，大将军之象也。"

在阴阳家学说中，太白金星是主管杀伐的武神，古代诗文中多以其比喻兵戎。

戊

历代记载

①汉晋时期，金星神为《天官占》《拾遗记》里的美少年白帝子，他有时也在道教担任主管刀兵肃杀的金德星君。

②唐朝时期，金星神为密宗《七曜攘灾决》里着黄衣、戴鸡冠、弹琵琶的女神。同时期的《广异记》中也提到了一位同样在川地出没，自称"太白山神"的老者。

③明朝时期，金星神为《西游记》里的清隽老者李长庚，手持拂尘，仙风道骨。

玉帝传旨道："就除他做个'弼马温'罢。"众臣叫谢恩，他也只朝上唱个大喏。玉帝又差木德星君送他去御马监到任。⑩

弼，为辅助；温，谐音瘟，即瘟疫。弼马温谐音"避马瘟"，顾名思义，乃天宫中负责饲养天马的官员，为御马监正堂管事，部下设有监丞、监副、典簿、力士等官吏。

明朝时期李时珍的《本草纲目》上曾引用过《马经》中的一句话"马厩畜母猴辟马瘟疫，逐月有天癸流草上，马食之永无疾病矣。"翻译过来便是将母猴的尿与马尿混合在一起喂马，可以使马永不生病。

东汉时期，人们常在马厩中饲养猴子，传说这样能驱避马瘟，因此猴子就有了弼马温的别称。天庭让孙悟空担任弼马温一职，貌似是要重用他，实则是在用这种方式对他进行无底线的嘲弄。

关键词索引：弼马温

延伸阅读

御马监

明代洪武年间，始设御马监，该官衙内的掌事人员皆为宦官。一开始他们负责饲养御马，若御马有所闪失，他们便要被问责治罪，这与《西游记》中"如稍有些尪羸，还要见责；再十分伤损，还要罚赎问罪"之言不谋而合。明代永乐年间，御马监的职能进一步扩大，开始掌管军事和财政大权，宦官扰乱朝堂的祸端初现端倪。

戊

秦王政二十五年

甲 封号齐天

乙 大圣点兵

封号齐天 FENG HAO QI TIAN

官封弼马意未宁，棍扫寰宇仙佛惧，孙悟空一反天庭，自称齐天大圣！下界七十二洞妖王齐聚花果山，共反天庭！

猴王闻说，欢喜不胜，连道几个"好！好！好！"教四健将："就替我快置个旌旗，旗上写'齐天大圣'四大字，立竿张挂……" 原

关键词索引：齐天大圣

人物历程（周简王七年—秦王政二十五年）

猴王出世
于娑婆世界东胜神洲花果山挣破仙石而出。

拜师学艺
拜菩提祖师为师，得名孙悟空，学得长生之道。

龙宫寻宝
大闹东海龙宫，寻得如意金箍棒，又由其他三海龙王赠予凤翅紫金冠、锁子黄金甲、藕丝步云履作为披挂。

封号齐天
342 岁时大闹地府，被骗封为弼马温，一怒之下反出天庭，自封"齐天大圣"。

齐天大圣 QI TIAN DA SHENG

甲

大圣点兵 DA SHENG DIAN BING

花果山

乙

秦始皇帝二十六年

甲 天兵十万

乙 蟠桃大会

丙 琉璃盏碎

天兵十万 TIAN BING SHI WAN

玉皇大帝命托塔天王父子带兵围剿花果山，大败而归，孙悟空再受招安，受封齐天大圣，看守蟠桃园。

班部中闪上托塔李天王与哪吒三太子，越班奏上道："万岁，微臣不才，请旨降此妖怪。"玉帝大喜，即封托塔天王李靖为降魔大元帅，哪吒三太子为三坛海会大神，即刻兴师下界。原

关键词索引：托塔天王

在《西游记》中，李靖总管天兵天将，为天宫五大天王之首的"托塔天王"，在天界地位崇高。其膝下有三子一女，长子金吒为灵山的前部护法，二子木吒法号惠岸，是观音菩萨座下弟子，三子哪吒与其一同效力天庭，一女名贞英，另有义女为地涌夫人。

托塔天王 TUO TA TIAN WANG

延伸阅读

唐宋时期，朝廷已经开始敕诸府州军建天王堂祭祀托塔天王。元时期，朝廷建东南西北旗，绘托塔天王画像于旗上。

甲

托塔天王，历史上确有原型，为唐初名将李靖，唐太宗时任兵部尚书，用兵如神，死后被封为"卫国公"，百姓为其建庙供奉。同时期，西域与中原广泛信仰北方毗沙门天王，该神为佛教的护法天神和赐福天神，手托舍利塔，故俗称托塔天王。该形象在民间传播的过程中，李靖的故事被杂糅进来，家喻户晓的托塔天王李靖就这样诞生了。

神兵法宝

玲珑宝塔

在《西游记》中，其全名叫"玲珑剔透舍利子如意黄金宝塔"。该塔由如来佛祖所赐，塔内金光笼罩，威力无穷。"

照妖镜

可以照出妖魔原形。

欣妖刀

天火淬炼，斩碎妖魔。

天罡刀

幻化万千，锋利无匹。

延伸阅读

李靖之女李贞英应是吴承恩的原创人物，其他古代记载之中均查无此人。李贞英一名仅见于《西游记》之中，其应该是元明时期常见的女子姓名。

关键词索引：哪吒

哪吒 NE ZHA

哪吒，为我国最正统的神仙之一，是佛道两教的护法大神，其形象广泛流传于各大神话传说当中，主要事迹记载于《三教搜神大全》，在多部神魔小说中均有登场，在《西游记》中的形象格外令人记忆深刻。

《康熙字典》《辞海》有载，"哪"指"傩"，意为驱邪祛疫；"吒"象征叱怒，指叱吓邪恶，妖魔退避。真可谓是名如其人了。

哪吒在道教的头衔为中坛元帅、通天太师、威灵显赫大将军、三坛海会大神等；尊称太子爷、三太子、善胜童子。其中，中坛元帅是《宝诰大全》《中坛元帅真经》等道家经典中记载的神号。

延伸阅读

三坛海会大神

三坛：为道教用语，指的是天、地、水三坛界，即海陆空，故为"三界"。

海会：为佛教用语，指的是圣众会合之座，德深犹如大海。出于佛经《华严经》。

哪吒的故事流传甚广，两宋时期便已家喻户晓，因为他身上具有强烈的反抗精神，所以极受古今老百姓的欢迎。哪吒信仰在川渝和福建地区格外流行，其庙宇之中香火茂旺，颇受推崇。

甲

神兵法宝

火轮儿
可施展三昧真火，轮刃如烈焰。

欣妖刀
可化成漫天刀雨，进行攻击。

斩妖剑
有万剑诀加持，可化作千万。

缚妖索
自动捆捉妖魔的仙索。

降妖杵
降妖伏魔，威力无穷。

绣球儿
八瓣球，可开山碎石。

以哪吒为主角的神话传说众多，其中最广为人知的当数"哪吒闹海"，而在《西游记》中，对这一段故事是这样记载的："天王生此子时，他左手掌上有个'哪'字，右手掌上有个'吒'字，故名哪吒。这太子三朝儿就下海净身闯祸，踏倒水晶宫，捉住蛟龙要抽筋为绦子。天王知道，恐生后患，欲杀之。哪吒愤怒，将刀在手，割肉还母，剔骨还父；还了父精母血，一点灵魂，径到西方极乐世界告佛。佛正与众菩萨讲经，只闻得幢幡宝盖有人叫道：'救命！'佛慧眼一看，知是哪吒之魂，即将碧藕为骨，荷叶为衣，念动起死回生真言，哪吒遂得了性命。"

在现代，哪吒的形象经常出现于影视作品、漫画、游戏当中，成为一代又一代国人的童年回忆。

延伸阅读

哪吒与佛教的渊源颇深，目前能找到的最早佛家记载为北凉时期的《佛所行赞》，此时哪吒的名字还是梵文，音译为"那拏天""那吒俱伐罗"或者"那吒矩钵罗"等，随着其形象在汉语地区中不断传播，其读音复杂的名字最终被简化为"哪咤""哪吒"等名字。

甲

李天王与哪吒叩头谢辞，径至本宫，点起三军，帅众头目，着巨灵神为先锋。⑩

关键词索引：巨灵神

巨灵神

JU LING SHEN

在两宋元明清时期，巨灵神经常出现在神魔小说和民间传说当中，他是为人熟知的一名神灵。在《西游记》中，巨灵神为托塔天王的帐前先锋，手持宣花板斧，能开山劈石，拥有无双巨力，在天庭讨伐孙悟空的战役中，奉命出阵打头战，结果败阵而归，由哪吒说情，才免去一死。

巨灵神在诞生初期，是开辟河道的"神祇"，源于西汉时期的黄河信仰。西汉纬书《遁甲开山图》中记载："有巨灵胡者，遍得坤元之道，能造山川，出江河。"由东汉文学家张衡所作的《西京赋》中记载："巨灵赑屃，高掌远跖，以流河曲。"

后世所流传的与巨灵神有关的传说，基本上都跟治水有关，例如《水经注·河水》中记载的巨灵神劈华山一事，"华岳本一山当河，河水过而曲行，河神巨灵，手荡脚踢，开而为两，今掌足之迹仍存。"

神兵法宝

宣花板斧

延伸阅读

《太和正音谱》《全元曲杂剧》皆有《巨灵神劈华岳》曲目，为元代李好古所作，《元曲选》《曲目》中记载有《巨灵神劈华山》，《录鬼薄》中记载有《巨灵劈华岳》。

蟠桃大会 PAN TAO DA HUI

三月三日，王母娘娘于瑶池名开蟠桃大会，满天神佛纷纷来贺，孙悟空遭遇冷落，大闹蟠桃会，醉闯兜率宫。

一朝，王母娘娘设宴，大开宝阁，瑶池中做"蟠桃胜会"。原

王母娘娘

WANG MU NIANG NIANG

关键词索引：王母娘娘

王母娘娘即西王母，又称王母、金母、阿母、西姥等，在我国传统神话当中，王母娘娘掌管罚恶、预警灾厉，为女仙之首，主宰阴气、修仙，是生育万物的创世女神。

有关西王母的记载，在商周时期就已经出现了，通过我国古代的典籍《归藏》与《周易》可知西王母拥有不死神药。

历代形象演变

先秦两汉：根据《山海经》《穆天子传》《淮南子》《史记》《汉书》等文献可知，西王母的形象不停在发生改变，到了东汉时期，西王母已由上古凶神成为被人们所信仰的大神，地位在太上老君之上。

两晋时期：道教兴盛，西王母被奉为尊神。

明清时期：在这一时期，西王母的地位在民间宗教教派中得到了空前提升，成为了集创世和救世于一体的至高神。

延伸阅读

在两汉时期，民间认为与西王母对应的男仙之首为东王公。东王公被认为是"阴阳"中的阳神。在最开始的记载中，西王母与东王公皆为天生地养，并无父母。而东晋时期著名的道教理论家葛洪则认为两神皆为盘古、太元圣母所生。

关键词索引：蟠桃胜会

蟠桃胜会又称蟠桃会、蟠桃盛宴、蟠桃大会，其由来已久，并非《西游记》原创节日，其为庆祝西王母诞辰的天界庆典大礼。相传三月三日为西王母诞辰。

宴会座次

蟠桃胜会只请佛菩萨、道祖天尊与上帝，以及诸大仙真。其余一切仙官仙吏、海岛洞府散仙、斗牛宫二十八星宿，不得参加。玉皇大帝先给如来佛祖、诸佛祖、三清道祖稽首，西王母遂请入座。

正中南向是如来佛祖，左是过去诸佛，右是未来诸佛，前是三清道祖，东西向皆是诸大菩萨。

东间南向是玉皇大帝；左座第一是玄武大帝，以下皆是诸天尊；右座第一是青华帝君，以下皆是诸大真人。

西间南向是南海大士；北向两座，左为斗姥天尊，右为九天玄女。

东向首座为鬼母天尊，西向首座为天孙织女，余为太微左夫人等女仙真。西王母陪席。

其蟠桃每人一颗，玉皇大帝、三清、佛祖各两颗，唯如来佛祖是三颗。

延伸阅读

根据《汉武故事》记载，西汉时期的名士东方朔曾潜入蟠桃会，偷食蟠桃，飞升成仙。在《西游记》中，孙悟空到访方丈仙山时，东方朔已成仙，道名曼倩。孙悟空见到他，打趣道："这个小贼在这里哩！帝君处没有桃子你偷吃！"

即着那红衣仙女、素衣仙女、青衣仙女、皂衣仙女、紫衣仙女、黄衣仙女、绿衣仙女，各顶花篮，去蟠桃园摘桃建会。原

关键词索引：七仙女

七仙女为七名女神的总称。七仙女的传说故事多出现于明清戏曲、小说之中，身份多为西王母的属神。在《西游记》中，又称她们为"七衣仙女"，除采摘蟠桃外，她们应该还负责裁制羽衣。

关于七仙女最早的文献记载，见于西汉时期的《孝子传》。七仙女的起源一是来自天文崇拜，与女宿扶筐七星、昴宿七星、牛宿织女三星、女宿婺女四星等有关。二是由于秦汉时期的登仙思想，而产生的羽人形象。

延伸阅读

在清末以前，并没有关于七仙女是玉皇大帝之女的传说，《西游记》中的七仙女也是独立的神仙。而到了清末，七仙女开始与张氏诸公主混淆，在这一时期的文学作品中，七仙女经常以玉皇大帝之女的身份登场。

中间现出一尊仙，相貌昂然丰采别。神舞虹霓幌汉霄，腰悬宝篆无生灭。名称赤脚大罗仙，特赴蟠桃添寿节。原

关键词索引：赤脚大仙

在我国民间的神话传说中，赤脚大仙身为散仙，自由自在，很少受到天条束缚。他云游于三界之中，斩妖除魔，造福百姓。他身上最引人注目的便是那双赤脚了，在与其有关的影视作品中，总是对他的赤脚做夸张化处理。相传，他的赤脚便是极为厉害的法宝，为妖邪克星。

与赤脚大仙有关的传说和记载数不胜数，甚至有八仙中的蓝采和，便是赤脚大仙这一说法。明代的《仙佛奇踪》中记载："蓝采和，常穿着破烂衣裳，戴着六寸腰带，一只脚穿着靴子，一只脚赤足。"

还有说宋仁宗便是赤脚大仙的转世，宋代王明清的《挥尘后录》卷一记载："仁宗母李后，曾梦一羽衣之士，跣足从空而下云：来为汝子。后召幸有娠而生仁宗。仁宗幼年，每穿履袜，即亟令脱去，常徒步禁掖，宫中皆呼为赤脚仙人，盖古之得道者李君也。"

赤脚大仙 CHI JIAO DA XIAN

延伸阅读

根据道家典故改编的戏曲《刘海戏金蟾》中，玉皇大帝颁旨，封刘海为赤脚大仙，主治穷、祸、福事宜。刘海，历史上实有其人。他为五代生人，本名刘操，字昭远，又字宗成、玄（或元）英，居燕山一带，先为辽国进士，后出家修道，号海蟾子。

好大圣，摇摇摆摆，仗着酒，任情乱撞，一会把路差了；不是齐天府，却是兜率天宫。原

关键词索引：兜率宫

兜率宫是《西游记》中太上老君炼丹的宫殿，需要注意的是，此兜率宫并非佛教的兜率天。太上老君的兜率宫位于三十三天离恨天之中，而佛教的兜率天是欲界的第四天。两者南辕北辙，体系不同，不能混淆。

延伸阅读

现实中的兜率宫

现实中的兜率宫位于道教名山龙虎山的仙岩极顶，占地 670 平方米，高 19 米，宫殿坐西朝东，五进九柱，寓意九五之尊。殿宇宏伟壮观，重檐上覆灰色琉璃瓦，四周设有花岗岩护栏。正殿正中供奉老子像，像高 12.3 米，暗合老子提出的"道生一，一生二，二生三，三生万物"哲学思想。

琉璃盏碎 LIU LI ZHAN SUI

蟠桃大会之上，卷帘大将失手打碎琉璃盏，被贬三千弱水、流沙河内，身遭万剑穿身之酷刑。

"菩萨，恕我之罪，待我诉告。我不是妖邪，我是灵霄殿下侍銮舆的卷帘大将。只因在蟠桃会上，失手打碎了玻璃盏，玉帝把我打了八百，贬下界来，变得这般模样。"^原

沙悟净具体介绍请见下册 009 页

关键词索引：卷帘大将

帘，即帘子，古时又称"薄"，卷帘大将为玉皇大帝的贴身神将，在其进出宫廷之时为其掀卷门帘。

卷帘大将
JUAN LIAN DA JIANG

降魔宝杖

全名降妖真宝杖，取材于月宫梭罗仙木，由鲁班锻造而成，外边嵌宝霞光耀，内里钻金瑞气凝，宝杖主体乌黑油亮，重五千零四十八斤，大小如意，可随身携带。

神兵法宝

琉璃盏

琉璃与玉翠、金银、陶瓷、青铜共称为中国五大名器，同时它又是佛家七宝之一。琉璃盏就是由琉璃制作而成的器皿。

延伸阅读

丙

西汉永光三年

甲 神魔大战

乙 小圣施威

丙 八卦炉焚

神魔大战 SHEN MO DA ZHAN

黄风滚滚遮天暗，紫雾腾腾罩地昏。只为妖猴欺上帝，致令众圣降凡尘。托塔天王领十万天兵再剿花果山，久战不下。

当时李天王传了令，着众天兵扎了营，把那花果山围得水泄不通。上下布了十八架天罗地网，先差九曜恶星出战。原

关键词索引：九曜恶星

太阳　火德　水德

太阴　土德　罗睺

木德　金德　计都

九曜恶星即九曜星君，分别为：计都星君、火德星君、木德星君、太阴星君、土德星君、罗睺星君、太阳星君、金德星君、水德星君。在《西游记》中他们为天庭神将，在民间传说中，他们共同主宰人间的吉凶祸福。

九曜，也称"九执"。指北斗七星和辅弼二星，分别为：贪狼、巨门、禄存、文曲、廉贞、武曲、破军、左辅、右弼。

在道教文化和古代历法天文中，北斗九星分别名为：天枢星、天璇星、天玑星、天权星、玉衡星、阖阳星、摇光星，洞明星、隐元星。同时，道教也称日为九曜。

延伸阅读

梵历中的九星也称九曜，分别为：日曜（太阳）、月曜（太阴）、火曜（荧惑星）、水曜（辰星）、木曜（岁星）、金曜（太白星）、土曜（镇星）、罗睺（黄幡星）、计都（豹尾星）。

甲

　　九曜星战得筋疲力软，一个个倒拖器械，败阵而走，急入中军帐下，对托塔天王道："那猴王果十分骁勇！我等战他不过，败阵来了。"李天王即调四大天王……一路出师来斗。⊕

关键词索引：四大天王

　　在《西游记》中，四大天王是天军之神，负责看守天门及治安事宜。但事实上，四大天王出自婆罗门教（即印度教）神话的二十诸天，是佛教的护法天神，俗称"四大金刚"。类似于这种佛道两教人物互相客串的设定，在《西游记》中是很常见的。

持国天王
CHI GUO TIAN WANG

　　东方持国天王，"持国"意为慈悲为怀，保护众生，护持国土，故名持国天王。其身为白色，穿甲胄，手持琵琶，护持东胜神洲。

多闻天王
DUO WEN TIAN WANG

　　北方多闻天王，又名毗沙门，"多闻"意为颇精通佛法，以福、德闻于四方。其身为绿色，穿甲胄，左手卧银鼠，右持宝伞，护持北俱芦洲。

甲

增长天王

ZENG ZHANG TIAN WANG

南方增长天王，"增长"意为能令众生增长善根，护持佛法，故名增长天王。其身为青色，穿甲胄，手握慧剑，护持南瞻部洲。

延伸阅读

二十诸天是吠陀神话中八部众之中的诸位天神。随着佛教逐渐发展，印度教神话中的八部众（诸天、龙众娜迦、夜叉、阿修罗等部族）被纳入了佛教神话中。

广目天王

GUANG MU TIAN WANG

西方广目天王，"广目"意为能以净天眼随时观察世界，护持人民，故名广目天王。其身为红色，穿甲胄，手缠赤龙，护持西牛贺洲。

延伸阅读

四大天王的神像通常分列在佛寺第一重殿的两侧，因此此殿得名天王殿。

甲

小圣施威 XIAO SHENG SHI WEI

● 南海观音菩萨前来助阵，其座下大弟子木叉持混铁棍大战悟空，惜败。菩萨再荐大将二郎真君。

且不言天神围绕，大圣安歇。话表南海普陀落伽山大慈大悲救苦救难灵感观世音菩萨，自王母娘娘请赴蟠桃大会，与大徒弟惠岸行者同登宝阁瑶池。原

观音菩萨 GUAN YIN PU SA

关键词索引：观音菩萨

观音菩萨即观世音菩萨，唐代时期因避讳李世民名，曾去"世"字，略称"观音"。他是《西游记》中的主要角色之一，为佛教八大菩萨之一，角色原型为佛教同名菩萨。

玉净瓶

玉净瓶，内储甘露水，有起死回生之效，空瓶可装四海之水。

神兵法宝

乙

观音菩萨的道场普陀山又称补陀洛迦，位于浙江舟山市普陀区，为我国佛教四大名山之一，历来享有"海天佛国""南海圣境"的美誉。

紫竹林，位于普陀山东南部的梅檀岭下，因后人世代在此栽种紫竹而得名。山中岩石有一种紫竹石，呈紫红色，剖开后可见柏树叶、竹叶状的花纹。

延伸阅读

据普陀山山志记载，后梁贞明二年（公元 916 年），日本僧人慧锷从五台山奉观音像回国时，因天气影响，滞留于普陀一带，便随缘将佛像留在此地，由张姓居民供奉，并建"不肯去观音院"，普陀开山供佛自此开始。

关键词索引：惠岸行者

木叉为观音菩萨的大弟子，法名为惠岸，活跃于我国古代的神话传说当中，在元代的《西游记平话》中多了托塔天王之子这样一个身份，被称为木吒。

行者与木叉都是佛教用语，行者的职能是护法，木叉的全称是"波罗提木叉"，是梵文的音译，意译为"解脱"。

延伸阅读

人物起源

《西游记》里的木叉是观音菩萨的徒弟，并非凭空臆想。唐代高僧僧伽，传说他是观音菩萨的人间化身。他座下有三个弟子，分别是惠岸、惠俨、木叉。后来经过一系列的创作、融合，惠岸和木叉渐渐合并为一个人，即惠岸行者木叉。

神兵法宝

混铁棍

重达千斤，无坚不摧。

惠岸行者

HUI AN XING ZHE

观音合掌启奏："陛下宽心，贫僧举一神，可擒这猴。"玉帝道："所举者何神？"菩萨道："乃陛下令甥显圣二郎真君，见居灌洲灌江口，享受下方香火。"原

关键词索引：显圣二郎真君

显圣二郎真君

XIAN SHENG ER LANG ZHEN JUN

三尖两刃刀

长柄兵器，刀部呈三叉状，两边有刃，又名二郎刀。

弓形弹弓，泰山诸神狩猎时所用武器。

金弹弓

神兵法宝

乙

　　显圣二郎真君即二郎神，又称灌口二郎、二郎真君、灌口神，被民间奉为水神，主管农耕水利，登场于《西游记》第六回，书中介绍他是玉皇大帝的外甥，有劈桃山救母、弹打双凤、梅山结义等事迹。

　　唐朝开元年间成书的《教坊记》中，首次出现了对二郎神的文字记载。由此可见，民间信仰二郎神已久。到了两宋时期，二郎神不光被纳入了国家祭祀，还被载入了《宋史》。元明时期，二郎神的故事又被搬上戏台、写进小说里，一跃成为了最为人熟知的神灵之一。

梅山兄弟

　　梅山兄弟本有七人，号梅山七圣，在元杂剧如《二郎神锁齐天大圣》中被称为眉山七圣，是二郎神的部下。《西游记》中将其改为梅山六兄弟，六人与二郎神结拜为兄弟后并称"七圣"。

劈山救母

　　明嘉靖时期的《清源妙道显圣真君一了真人护国佑民忠孝二郎宝卷》中对二郎神的身世是这样记载的：凡人杨天佑与斗牛宫仙女云华侍长相好，育一子名二郎。孙悟空奉西王母命将云华压在太行山，二郎则被带进天宫。二郎长大得知自己身世后，先是劈山救母，之后又将孙悟空压在山中。

延伸阅读

　　灌口，即灌江口，位于四川省都江堰市一带。另有一种说法，灌口为今江苏灌云县、灌南县、响水县三县交界处的灌河口。都江堰的二王庙为二郎神祖庙，主殿供奉三眼二郎神，在古代是千年官祭庙。都江堰就是五代十国时期的灌江口，现今都江堰是世界文化遗产，国家级文物保护单位。

八卦炉焚 BA GUA LU FEN

圈定乾坤，细犬哮天，大圣被擒，万刑加身，毫发无损，押入丹炉，文武火练。

老君道："你这瓶是个磁器，准打着他便好；如打不着他的头，或撞着他的铁棒，却不打碎了？你且莫动手，等我老君助他一功。"原

关键词索引：太上老君

太上老君的原型为道家的创始人老子，在《西游记》中被尊为三清之一，一身修为通天彻地，是《西游记》中的线索人物，也是西游世界的塑造者之一，曾炼石补天（**出自第三十五回**），又曾化胡为佛（**出自第六回**）。

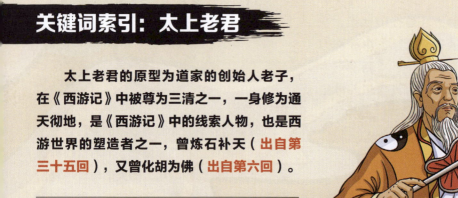

太上老君 TAI SHANG LAO JUN

何谓三清？

三清即玉清元始天尊、上清灵宝天尊、太清道德天尊（"太上老君"）。三清是道教的最高神。

丙

化胡为佛

原文中太上老君向观音菩萨解说他的金钢琢道："这件兵器，乃锟钢抟炼的，被我将还丹点成，养就一身灵气，善能变化，水火不侵，又能套诸物；一名金钢琢，又名金钢套。当年过函关，化胡为佛，甚是亏他，早晚最可防身。"化胡为佛亦称老子化胡，传说老子曾西出函谷关，到西域、印度一带，化身为佛陀释迦牟尼，对西域人、天竺人实行教化。

神兵法宝

金钢琢

祭出此宝，可收宝物、兵器，地水火风俱不能伤害。除此宝外，太上老君还炼制了紫金红葫芦、羊脂玉净瓶、幌金绳、芭蕉扇、七星剑、紫金铃等强力法宝。

延伸阅读

东汉末年张道陵创立道教后，重新诠释由老子所著的《道德经》，即《老子想尔注》。在该书中，老子已经成为太上老君，是大道的化身。

猴王只顾苦战七圣，却不知天上坠下这兵器，打中了天灵，立不稳脚，跌了一跤，爬将起来就跑；被二郎爷爷的细犬赶上，照腿肚子上一口，又扯了一跌。原

关键词索引：细犬

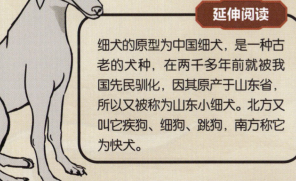

延伸阅读

细犬的原型为中国细犬，是一种古老的犬种，在两千多年前就被我国先民驯化，因其原产于山东省，所以又被称为山东小细犬。北方又叫它疾狗、细狗、跳狗，南方称它为快犬。

细犬的形象最早出现在宋代描写二郎神搜山降妖的《搜山图》中，画中有白犬追捕妖魔的描绘。

元杂剧《二郎神锁齐天大圣》中称其为狗儿，《西游记杂剧》中称其为细犬或细狗，《二郎宝卷》中称其为白犬神嗅。

需要注意的是，在过往的文字记载中，该犬皆为白色，并非影视剧中常见的黑犬形象。

丙

新朝元年

甲 天降流火，火焰山生

乙 被压五行山

丙 大闹天宫

丁 大鹏下凡，狮驼遭难

戊 金蝉子入轮回

己 安天大会召开，天蓬元帅误投猪胎

天降流火，火焰山生
TIAN JIANG LIU HUO,HUO YAN SHAN SHENG

孙悟空破炉而出，八卦炉砖掉落，西域境内天降流火，生八百里火焰山。兜率宫道人因看守不力，被贬下凡，做火焰山土地。

为什么是新朝元年？

孙悟空推倒八卦炉、大闹天宫与五行山降落应是一年之内连续发生的三个事件，《西游记》第十四回有表，五行山是王莽篡汉时所降，该年份即为新朝元年。

释疑

关键词索引：火焰山

众所周知，在《西游记》中，火焰山得名是因为终年不灭的熊熊烈火。而关于火焰山曾是一片火海，历史上曾这样记载，王延德的《高昌行记》中说："北庭北山（即火焰山），山中常有烟气涌起，而无云雾。至夕火焰若炬火，照见禽鼠皆赤。"

而唐代著名边塞诗人岑参第一次经过火焰山时，曾作诗《经火山》，内容如下："火山今始见，突兀蒲昌东。赤焰烧虏云，炎氛蒸塞空。不知阴阳炭，何独然此中？我来严冬时，山下多炎风。人马尽汗流，孰知造化功。"

延伸阅读

火焰山是我国新疆最著名的景点之一，位于吐鲁番盆地北缘，古丝绸路北道，主要由中生代的侏罗纪、白垩纪和第三纪的赤红色砂、砾岩和泥岩组成。当地人称它为"克孜勒塔格"，意即"红山"。

甲

乙

大闹天宫 **DA NAO TIAN GONG**

孙悟空练就火眼金睛，棍扫寰宇，大闹天宫，玉皇大帝惊恐，传西天佛祖前来救驾。

王灵官
WANG LING GUAN

这一番，猴王不分上下，使铁棒东打西敌，更无一神可挡。只打到通明殿里，灵霄殿外。幸有佑圣真君的佐使王灵官执殿……这大圣不由分说，举棒就打。那灵官鞭起相迎。⑨

关键词索引：王灵官

王灵官本名王恶，脾气火暴，好抱打不平，后被萨天师收入门下，更名为王善。他是道教的护法镇山神将、玉帝的御前大将，专司三界纠察之职。民间赞他"三眼能观天下事，一鞭惊醒世间人"。他从明代开始享受国家祭祀。

延伸阅读

王莽（公元前 45 年—公元 23 年 10 月 6 日），字巨君，新都哀侯王曼次子、西汉孝元皇后王政君之侄、王永之弟。他是西汉王朝的终结者，创立了新朝，史称新始祖，也称建兴帝或新帝，公元 8 年至公元 23 年在位。

乙

民间奉祀

由于奉祀王灵官的殿堂一般都在道观山门处，因此大部分地区都不为其专门建庙。只有福建地区民众称王灵官为天将，而专为其建庙，并将其称为天将庙。王灵官神诞之日为六月十三日，亦有作十五日、二十三日、二十四，适逢祭日，进庙奉祀王灵官的道教徒连绵不绝。

五百灵官

道教有五百灵官的说法，灵官即道家的护法尊神，王灵官乃五百灵官之首，称号为"都天大灵官"。大部分道家宫观的首殿中，镇守道观山门的灵官神一般都是这位王灵官。这也对应了《西游记》中王灵官的出场。

当时众神把大圣攒在一处，却不能近身，乱嚷乱斗，早惊动玉帝。遂传旨着游弈灵官同翊圣真君上西方请佛老降伏。⟨原⟩

翊圣真君

YI SHENG ZHEN JUN

关键词索引：翊圣真君

翊圣，即辅佐天子，翊圣真君是玉皇大帝的贴身侍卫。其信仰的兴盛始于宋代，太平兴国六年，封翊圣将军，宋真宗大中祥符七年加号"翊圣保德真君"。盖因北宋开国之初，受到北方各族的威胁，为了提高防御入侵的自信心，乃乞灵于北方真神的护佑。

延伸阅读

翊圣真君与真武、天蓬、天猷并为天界大将军，宋以后被尊为四圣。

关键词索引：游弈灵官

游弈灵官是天庭中负责巡逻、观察善恶的武神。

关于名称的来源

"游弈"之说，源于唐朝历史上的军职，灵官也为道教武神，因此游弈灵官应该是武职神。

他都负责什么？

游弈灵官是天庭传令官，奉玉皇大帝和天界神官手谕，往来三界，把来自天庭的命令传达到各处，上达天庭，下达地狱。

游弈灵官

YOU YI LING GUAN

延伸阅读

逸闻趣事

传说游弈灵官奉玉皇大帝旨意于三界游走，时常去各位真仙的洞府中搜罗仙草、佳酿。喜好酿药酒的他去到凡界后常与仙人们游饮玩乐数月，把复命的差事抛到脑后，是位颇不称职的传令官。

被压五行山 BEI YA WU XING SHAN

孙悟空虽神通广大，辗转腾挪间便能跃十万八千里，但终不敌如来佛祖掌中乾坤，被压于五行山下。

好大圣，急纵身又要跳出，被佛祖翻掌一扑，把这猴王推出西天门外，将五指化作金、木、水、火、土五座联山，唤名"五行山"，轻轻的把他压住。众雷神与阿傩、迦叶，一个个合掌称扬道："善哉！善哉！" ⓡ

关键词索引：如来佛祖

如来佛祖
RU LAI FO ZU

如来佛祖在《西游记》中为西天"佛界之主"，有通天彻地的大法力，掌握着无边佛法，统领众佛与菩萨，以及佛门弟子，以无量佛法传教万佛，修有丈六金身。

人物的原型

如来佛祖的人物原型乃正统佛教史上著名的最大佛祖"释迦牟尼佛"。释迦牟尼，梵文的意思为"释迦族之圣者"，原名乔达摩·悉达多，古印度著名思想家，佛教创始人，出生于今尼泊尔南部。被后世尊称为佛陀、世尊等；中国尊称他为佛祖，即"佛教祖师"。

金钵盂

金钵盂： 出自《西游记》第五十八回。

原文： 如来将金钵盂撇起去，正盖着那蜂儿，落下来。大众不知，以为走了，如来笑云："大众休言，妖精未走，见在我这钵盂之下。"

神兵法宝

文学形象

在《西游记》中如来佛祖首次登场于第七回，是最高的佛级存在，乃佛教的掌教之师，佛界的最大领袖，居于灵山天外西方极乐佛界。

在《西游记》中，如来佛祖曾助哪吒三太子重生，并阻其弑父，又赐李靖玲珑宝塔，并将哪吒收作义子，让哪吒以佛为父，化解了哪吒太子与托塔天王的恩怨。且李靖的长子金吒乃侍奉如来佛祖的座下前部护法，次子木吒为观音菩萨身边的徒弟（即惠岸行者），因此如来佛祖对李靖一家人都有恩情。

延伸阅读

如来佛祖与玉皇大帝的地位孰高孰低？

在《西游记》，如来佛祖虽然是佛教的最高领导人，但身份仍是玉皇大帝的臣子，原文中有过明示：

如来闻说，即对众菩萨道："汝等在此稳坐法庭，休得乱了禅位，待我炼魔救驾去来。"

如来不敢违背，即合掌谢道："老僧承大天尊宣命来此，有何法力？还是天尊与众神洪福，敢劳致谢？"

以上是如来佛祖面对玉皇大帝时说的一些用词，都是臣子面对天子时才会说的。

现实中的西天灵山

灵山，在中印间确实存在，叫灵鹫山，是当年释迦牟尼修行的地方，也是唐朝玄奘要瞻仰的佛陀遗迹。

如来佛祖的修为

佛有三身，丈六金身是其中之一。指的是变化身中的小身。因其高约一丈六尺，呈真金色，故名。

丙

　　王莽篡汉之时，天降此山，下压着一个神猴，不怕寒暑，不吃饮食，自有土神监押，教他饥餐铁丸，渴饮铜汁。自昔到今，冻饿不死。原

关键词索引：五行山

　　五行山又名两界山、五指山，是《西游记》中的地名，即如来佛祖为封印孙悟空所化的大山。唐朝时传说两界山是通往鬼门关的必经之路，介于人间与地狱之间。

　　而在现实中，也有两座五行山。第一座五行山位于我国海南省中南部，周围被群山簇拥，森林茂密，绿意盎然，是有名的"翡翠山城"。第二座五行山是越南中部的名山，位于岘港市区东南 7 公里处。其西面有瀚江，东面直逼南海。有金、木、水、火、土六座山峰（火为双峰），气势雄伟，故名五行山。山上有很多汉字石刻，以及很多中国式的道观和塔。

五行山
WU XING SHAN

延伸阅读

六字真言

唵（ōng）嘛（ma）呢（nī）叭（bēi）咪（mēi）吽（hōng），又称六字大明陀罗尼、六字箴言、六字大明咒、嘛呢咒，是观音菩萨心咒，源于梵文，此咒含有诸佛无尽的加持与慈悲，是诸佛慈悲和智慧的声音显现。

丙

大鹏下凡，狮驼遭难

DA PENG XIA FAN, SHI TUO ZAO NAN

西方神鸟大鹏下凡为妖，入狮驼城，吞食满城百姓、文武官僚。

释疑

原文中写道："那厢有座城，唤作狮驼国。他五百年前吃了这城国王及文武官僚，满城大小男女也尽被他吃了干净，因此上夺了他的江山，如今尽是些妖怪。"根据上述文字叙述可知，大鹏下凡的时间应该与孙悟空大闹天宫的时间相差无几。

大鹏金翅雕

DA PENG JIN CHI DIAO

大鹏金翅雕

也称大鹏金翅鸟。在《西游记》中如来佛祖介绍了大鹏金翅雕的来历："自那混沌分时，天开于子，地辟于丑，人生于寅，天地再交合，万物尽皆生。万物有走兽飞禽，走兽以麒麟为之长，飞禽以凤凰为之长。那凤凰又得交合之气，生出孔雀、大鹏。孔雀出世之时最恶，能吃人，四十五里路，把人一口吸之。我在雪山顶上，修成丈六金身，早被他也把我吸下肚去。我欲从他便门而出，恐污真身；是我剖开他脊背，跨上灵山。欲伤他命，当被诸佛劝解，伤孔雀如伤我母，故此留他。在灵山会上，封他为佛母孔雀大明王菩萨。大鹏与他是一母所生，故此有些亲处。"

狮驼岭具体介绍请见下册066~067页

丁

金蝉子
JIN CHAN ZI

佛祖座下二弟子金蝉子因其轻慢佛法，被贬下凡间，受转世轮回之苦。

金蝉子入轮回
JIN CHAN ZI RU LUN HUI

在《西游记》中，金蝉子是如来佛祖的座下二徒弟。原文中曾有多处提到过金蝉子一名，例如在《西游记》第二十四回中镇元子解释说："那和尚乃金蝉子转生，西方圣老如来第二个徒弟。五百年前，我与他在'兰盆会'上相识。他曾亲手传茶，佛子敬我，故此是为故人也。"

佛祖也曾亲口说过："圣僧，汝前世原是我之二徒，名唤金蝉子。因为汝不听说法，轻慢我之大教，故贬汝之真灵，转生东土。"

关于"金蝉"二字的暗喻

金蝉喻有"金蝉脱壳"之意，所以人们将脱壳变身的蝉作为长生、再生的象征，因此在《西游记》中也有了吃"唐僧肉"可以长生不老的说法。

西游世界中无处不在的投胎是什么意思？

其实，这是一个佛教用语。佛教讲究轮回之说，认为人死后，会进入来生，即轮回。依平生所作善恶，会有六个可能的去处。造恶堕三恶道：地狱、饿鬼、畜生；行善去三善道：天、人、阿修罗。

佛祖十大弟子

《西游记》的世界观融合了佛道两家的体系，并对其中的许多人物都进行了虚构演绎。比如在正统佛教里，佛祖座下的十大弟子分别为：摩诃迦叶、目犍连、富楼那、须菩提、舍利弗、罗睺罗、阿难陀、优婆离、阿尼律陀、迦旃延，金蝉子为虚构人物。

安天大会召开，天蓬元帅误投猪胎

AN TIAN DA HUI ZHAO KAI,TIAN PENG YUAN SHUAI WU TOU ZHU TAI

安天大会之上，天蓬元帅醉酒调戏嫦娥，被贬下凡，误投猪胎，倒插门云栈洞，与洞主卯二姐结为夫妻。

如来佛祖殄灭了妖猴，即阿傩、迦叶同转西方极乐世界。时有天蓬、天佑急出灵霄宝殿道："请如来少待，我主大驾来也。"佛祖闻言，回首瞻仰。原

关键词索引：天蓬元帅

在我国道教体系中，天蓬元帅乃是天紫微北极太皇大帝四大护法天神之一，为北极四圣之首，拥有较高的地位。而在《西游记》中，天蓬元帅为天界武将，执掌天河水师。精通三十六般变化，所持的兵器为太上老君所造、玉皇大帝亲赐的上宝逊金钯。

神兵法宝

上宝逊金钯： 上宝逊金钯又名九齿钉钯，重量有一藏之数，连柄五千零四十八斤，由太上老君用神冰铁锤炼，借五方五帝、六丁六甲之力锻造而成。

人物的演变历程

　　在元朝时期，藏密曾于蒙元贵族之间流行，其中能护佑武人百战百胜的摩利支天最受尊崇。摩利支天的座驾为七头金色猪，猪八戒的形象在早期参考了摩利支天的坐骑。

　　到了明代，藏密衰微退守藏地，吴承恩转而将其安排为天蓬元帅，但是其半人半猪之形却依然在《西游记》中保留下来，成为一个结合了两个宗教人物原型的文学艺术形象。

延伸阅读

安天大会

降服孙悟空后，天界召开庆功宴，满天神佛皆来庆贺，佛祖为大会立名为"安天"。

上宝逊金钯

天蓬元帅

TIAN PENG YUAN SHUAI

乙

"洞里原有个卯二姐。他见我有些武艺，把我做个家长，又唤做'倒蹋门'。不上一年，他死了，将一洞的家当尽归我受用。"原

卯二姐

MAO ER JIE

关键词索引：卯二姐

卯二姐是《西游记》中的人物，是猪八戒的前妻，和猪八戒结婚一年后病死。观音菩萨奉旨去长安的路上，在福陵山碰到了猪八戒，通过猪八戒的叙述，卯二姐有了第一次也是唯一一次出场机会。

延伸阅读

是卯是卯？

按照古本繁体西游记本，以及日本方面保存的古本西游记均为"卯"，通行的版本多为"卯"，或疑为印刷错误得以误传，卯即兔子，则卯二姐或为兔妖。《西游记》现存最早也最重要的刻本是明代万历年间的"世德堂本"，此处刻的就是"卯二姐"。

正此观看处，猪八戒动了欲心，忍不住，跳在空中，把霓裳仙子抱住道："姐姐，我与你是旧相识，我和你耍子儿去也。"原

嫦娥

在《西游记》中，嫦娥指的是职务名称，而不是个人姓名。民间传说中的嫦娥通常指奔月的姮娥，这与《西游记》中的嫦娥是完全不同的概念。

《西游记》中的嫦娥，指的是属于月宫的女神仙。所有的月宫仙女的职位都叫嫦娥。在所有的嫦娥中，只有两个人的名字在《西游记》原文中有记载，分别为素娥仙女和霓裳仙女。

延伸阅读

关键词索引：霓裳仙子

霓裳仙子为天宫仙子，嫦娥中的一员。

霓裳仙子
NI CHANG XIAN ZI

献帝初平元年

甲 大圣娶亲

乙 茅山结义

大圣娶亲 DA SHENG QU QING

平天大圣牛魔王与罗刹国公主铁扇仙结为夫妻，同年孕有一子，名为红孩儿。

在《西游记》中，牛魔王又称西方大力王、平天大圣，乃花果山七大圣之首，翠云山与积雷山之主，神通广大，法力无边，能与孙悟空平分秋色。

关键词索引：牛魔王

牛魔王
NIU MO WANG

不管是从其原型"白牛"，还是从其"西方大力王"的称谓上看，牛魔王这一形象的来源都与印度佛教脱不了干系。《法华经》中称："有大白牛，肥重多力，形体殊好，以驾宝车。"从古至今，牛在印度都是最神圣的动物之一。而牛魔王的名称，应该是从"鸠摩罗王"的梵文中音译过来的，根据《大慈恩寺三藏法师传》中的记载，玄奘曾和南印度的统治者鸠摩罗王进行过长时间的接触。《西游记》和以西游为主题的元曲杂剧都曾以《大慈恩寺三藏法师传》为蓝本进行过大量再创作，鸠摩罗王极可能是前人创作牛魔王这一形象时的灵感来源。

延伸阅读

《大慈恩寺三藏法师传》《大唐大慈恩寺三藏法师传》又称《三藏法师传》《慈恩传》等。唐代著作，记载玄奘法师生平事迹，共十卷。对玄奘法师的西游经历、参学经过、译经事业等都有着详细记录。

混铁棍

在《西游记》中，牛魔王的坐骑为辟水金睛兽，又名避水金晶兽，能上天入地，转瞬即至。其形似麒麟，拥有龙口、狮头、鱼鳞、牛尾、虎爪、鹿角，全身赤红，据说它是麒麟和龙交合而生的。

民间传说，女娲炼石补天时，为了支撑补好的新天，曾斩断一只神龟的四肢，用这四条腿做了撑天的支柱。之后又经千百万年，这四根支柱分别化成了金箍棒、混铁棍、铁杆兵和擎天柱。

延伸阅读

在孙悟空的结义兄弟中，牛魔王之所以排第一，孙悟空排第七，是按体型分的，原文中孙悟空自己解释过，"想我老孙五百年前大闹天宫时，遍游天下名山，寻访大地豪杰，那牛魔王曾与老孙结七弟兄。一般五六个魔王，止有老孙生得小巧，故此把牛魔王称为大哥。"

神兵法宝

关键词索引：铁扇公主

铁扇公主又名罗刹女或铁扇仙，在《西游记》中为得道的地仙，容颜俊俏。罗刹，在佛教中指恶鬼，相传原为印度土著民族之名称，雅利安人征服印度后，遂将其作为恶人的代名词，后演变为恶鬼之总名。《慧琳音义》卷二十五中记载："罗刹，此云恶鬼也。食人血肉，或飞空或地行，捷疾可畏。"同书卷七又说："罗刹娑，梵语也，古云罗刹……男即极丑，女即甚姝美，并皆食啖于人。"

铁扇公主

TIE SHAN GONG ZHU

延伸阅读

在我国明清时期，俄罗斯一带被国人称为罗刹，根据《西游记》成书的历史背景分析，铁扇公主很有可能是一名真公主。

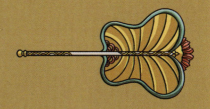

芭蕉扇

芭蕉扇乃混沌开辟后，昆仑山上生的一个灵宝，乃太阴之精叶，一扇之下能将人扇出八万四千里。至阴的芭蕉扇还能扇出水气，水克火，故能熄灭八百里火焰山。

神兵法宝

甲

茅山结义 MAO SHAN JIE YI

● 东胜神洲小茅山下虎鹿羊三妖修成人形，结拜为兄弟，一同上山修习道法。

这个是他在小茅山学来的"大开剥"。那两个已是大圣破了他法，现了本相，这一个也是他自己炼的冷龙，只好哄瞒世俗之人耍子，怎瞒得大圣！㊅

关键词索引：小茅山

小茅山位于南京市高淳区。南朝齐梁间著名道士、炼丹家陶弘景与弟子隐居茅山，编纂《真诰》，开创了茅山上清派，茅山道教一时臻于极盛，茅山成了江南道教圣地。出于仰羡，当时在现在的南京周边出现了不少以茅山命名的"小茅山"。

延伸阅读

茅山派，即上清派，因为坐落在茅山，故被人称为茅山派，北宋时与龙虎山、阁皂山同为道教三大符箓派，号称三山符箓。该派除代表人物大宗师陶弘景外，先秦时有仙人展上公等，秦汉时有左慈等，两晋时有祖师魏华存与著名的南派道教大师葛洪等，南北朝时有科仪大师陆修静、孙游岳等，隋唐时有王远知、潘师正、司马承祯、李含光，以及著名诗人李白等，高道辈出，为道教正宗与道门主流。

东晋永和九年

甲 白鼠化形

乙 南山雾隐

白鼠化形 BAI SHU HUA XING

金鼻白毛老鼠偷食香花宝烛，得造化成精。托塔天王父子将其擒拿，得恕后，认李氏父子为父兄。

他的本身出处，唤做金鼻白毛老鼠精；因偷香花宝烛，改名唤做半截观音；如今饶他下界，又改了，唤做地涌夫人是也。原

关键词索引：地涌夫人

地涌夫人又称半截观音、地养夫人、姹女、老鼠精、白鼠精，是《西游记》中的女妖角色，容颜绝丽无双，且心思狡诈，擅使遗鞋之术，在陷空山无底洞为妖。

地养：即地中生，地里养，古代为老鼠的别称。
姹女：美女；少女。

地涌夫人 DI YONG FU REN

延伸阅读

在早期版本的《西游记》中，蜘蛛精与白鼠精的形象还未分开，如元代傀儡戏《三藏取经》。

南山雾隐 NAN SHAN WU YIN

一艾叶豹子精修炼道术、学习兵法，于隐雾山折岳连环洞中为王，号南山大王！

老怪持铁杵，应声高呼道："那泼和尚，你认不得我？我乃南山大王，数百年放荡于此。你唐僧已是我拿吃了，你敢如何？"原

关键词索引：南山

《西游记》原文中，当豹子精提到自己为"南山大王"时，孙悟空勃然大怒，破口大骂道："这个大胆的毛团！你能有多少的年纪，敢称'南山'二字？李老君乃开天辟地之祖，尚坐于太清之右；佛如来是治世之尊，还坐于大鹏之下；孔圣人是儒教之尊，亦仅呼为'夫子'。你这个孽畜，敢称甚么南山大王，数百年之放荡！不要走！吃你外公老爷一棒！"

南山大王的名字本出自于"南山豹隐"一词，用来比喻隐居山林而不仕的贤者。据《列女传·贤明·陶答子妻》记载，春秋时期，宋国陶邑大夫答子任职三年，捞了不少钱财，就回到家中躲藏，其妻子劝他要学南山隐豹碰到大雨和大雾天，为了保护自己的皮毛可以七天不觅食。答子不予理会，结果被宋王处死。

豹子精以南山为号原本是暗示自己是一个不爱慕荣华富贵的隐士。但在孙悟空听来，南山的意思可就大大不同了，这就不得不提道教圣地终南山了。

豹子精具体介绍请下册073页

终南山，又名太乙山、地肺山、中南山、周南山，简称南山，位于秦岭山脉中段，古城长安之南，是"寿比南山""终南捷径"等多处典故的诞生地，是我国著名地标之一。

终南山为道教发祥地之一，终南山与道教文化联系在一起，要追溯到老子入关传经设教，相传终南山上的说经台就是当年老子讲经之处。

公元前109年，汉武帝在终南山大和峪口建太乙宫，以祭祀太乙山神，到189年，开始有道士入住。此后数百年，终南山道教发展快速，至唐朝时达到鼎盛。陈抟、吕洞宾、刘海蟾、张无梦等著名道家学者皆在终南山隐居修道。随着王重阳及其弟子开创全真道，终南山道教又进入第二个鼎盛时期。

由此可见，豹子精敢自称南山大王，在孙悟空听来，自然是大言不惭了。

延伸阅读

终南山有楼观台、通道观、仙游观、金台观、万寿重阳宫、清凉山、望仙宫、丹阳观、长春观、太一观、四皓庙、玉真观、金仙观、开元观、灵泉观等数十座古迹。

乙

隋大业元年

甲

披香殿中天仙配

披香殿中天仙配

PI XIANG DIAN ZHONG TIAN XIAN PEI

二十八星宿之一奎木狼与披香殿玉女暗生情愫，约定到人间结成良缘，侍女先行下凡，托生为宝象国公主，名为百花羞。

那宝象国王公主，非凡人也。他本是披香殿侍香的玉女，因欲与臣私通，臣恐点污了天宫胜境，他思凡先下界去……原

关键词索引：披香殿

在《西游记》中，该殿名出现了三次，一是在宝象国；二是在第六十八回中，朱紫国王曾邀请唐僧师徒入披香殿用膳；三是《西游记》中的知名"高峰"——米山和面山，便位于天宫中的披香殿中。

此外，披香殿还是汉代宫殿名。《三辅黄图·未央宫》记载：武帝时，后宫八区，有昭阳、飞翔、增城、合欢、兰林、披香、凤凰、鸳鸯等殿。

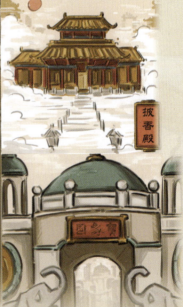

延伸阅读

阳春歌
唐·李白

长安白日照春空，绿杨结烟垂袅风。披香殿前花始红，流芳发色绣户中。绣户中，相经过。飞燕皇后轻身舞，紫宫夫人绝世歌。圣君三万六千日，岁岁年年奈乐何。

隋大业五年

甲 长安旧梦

长安旧梦 CHANG AN JIU MENG

海州陈光蕊高中状元，迎娶殷温娇。上任途中不幸遭奸人所害。同年其子出世，满月之时被其母抛入江中，漂流至金山寺得法明长老搭救。

此榜行至海州地方……有一人姓陈名萼，表字光蕊。一日入城，见了此榜，即时回家，对母张氏道："朝廷出下黄榜，诏开南省，考取贤才，孩儿意欲前去应试……"原

关键词索引：陈光蕊

宋元时期流传的西游戏文中，"陈光蕊"的形象便已出现。明代百回本《西游记》就对陈光蕊有了叙述。朱鼎臣本《西游记》则大幅扩写了陈光蕊的内容，并对唐僧的身世进行了完善，但情节上与宋元时期的西游戏文，以及明代百回本《西游记》中的内容略有差异。康熙年间刊印的《西游证道书》又对这部分内容进行了改写，但却使故事显得臃肿、拖沓。

陈光蕊 CHEN GUANG RUI

延伸阅读

朱鼎臣，明代嘉靖生人，字冲怀，广州人氏。著有《唐三藏西游释厄传》《新刻音释旁训评林演义三国志史传》《新锲全相南海观世音菩萨出身修行传》《新锲鳌头金丝万应膏徐氏针灸全书》等作品。

甲

不期游到丞相殷开山门首，有丞相所生一女，名唤温娇，又名满堂娇……小姐一见光蕊人材出众，知是新科状元，心内十分欢喜，就在彩楼上将绣球抛下，正打着光蕊的乌纱帽。原

关键词索引：殷温娇

殷温娇

YIN WEN JIAO

在明代百回本《西游记》中，并未出现殷温娇一名，只对唐僧的母亲有一些零星的描写。如下：

① 投胎落地就逢凶，未出之前临恶党。父是海州陈状元，外公总管当朝长……年方十八认亲娘，特赴京都求外长。总管开山调大军，洪州剿寇诛凶党……

② 当日对众举出玄奘法师。这个人自幼为僧，出娘胎就持斋受戒。他外公见是当朝一路总管殷开山……

直到康熙年间刊印了《西游证道书》，殷温娇才有了属于自己的独立剧情。

延伸阅读

抛绣球招亲的情节经常出现在古代的文学作品中，但事实上，这种招亲行为在封建社会几乎是不存在的。这类情节之所以在当时文学作品中会大行其道，从侧面反映了当时人们对自由恋爱、自由婚姻的渴望。

小姐到了江边……将此子安在板上，用带缚住，血书系在胸前，推放江中，听其所之……却说此子在木板上，顺水流去，一直流到金山寺脚下停住。原

甲

关键词索引：金山寺

金山寺位于江苏省金山之上，始建于东晋，与普陀寺、文殊寺、大明寺并称为中国四大名寺。金山寺至今已有一千六百多年历史，其间香火连绵不断，全盛时期有和尚 3000 多人，僧侣数万人。

北宋真宗年间，金山寺改名为龙游寺。宋徽宗时，因崇尚道教，又改称神霄玉清万寿宫。靖康之变后，复名龙游寺。元代开始，恢复为金山寺。

别具一格的建筑格局

我国多数寺庙在修建时都遵循坐北朝南、寺分三路的传统，但金山寺却打破了这一传统，而是依山就势，山门正对波澜壮阔的长江，寺内所有殿堂楼阁宛如群星一般点缀其上，主要有大雄宝殿、天王殿、迦兰殿、祖师殿、画藏楼、镇江楼、观澜堂、永安堂、海岳楼等。

延伸阅读

吴承恩曾多次游览金山寺，并留下诗文。据考究，《西游记》中的江州便是现在的镇江，金山寺便是现在的镇江金山寺。

关键词索引：法明

在《西游记》中，法明和尚为金山寺的住持，佛法广大，是江流儿修行上的引路人。其人物原型应该是唐朝时期的同名僧人，该名僧人曾向武则天献上《大云经》，为武则天称帝提供了理论依据。

延伸阅读

在很多影视剧的影响下，大多人都会先入为主地认为唐僧自幼便成了和尚。事实上，法明救下他后没有将其带入金山寺，而是把他送到一户人家寄养，待其成年后，才为其剃度。

法明 FA MING

唐贞观元年

甲

玄奘复仇，妖道求雨

玄奘复仇，妖道求雨
XUAN ZANG FU CHOU，YAO DAO QIU YU

玄奘复仇之后，立志参禅，于洪福寺修行。车迟国遭逢大旱，举国僧人诵经求雨不成，虎鹿羊三妖化成道人降法治灾，被尊为国师。

他道："不是。只因这二十年前，民遭亢旱，天无点雨，地绝谷苗。不论君臣黎庶，大小人家，家家沐浴焚香，户户拜天求雨。正都在倒悬捱命之处，忽然天降下三个仙长来，俯救生灵。"原

关键词索引：求雨

求雨是人们祈求降雨的一种活动。在科学技术不发达的年代，人们在面对旱灾时只能祈求上天神明，盼望可以风调雨顺。

玄奘具体介绍请见118页

延伸阅读

汉代董仲舒写的《春秋繁露·求雨》："春旱求雨。令县邑以水日，令民祷社稷山川，家人祀户。"
唐代段成式写的《酉阳杂俎·诺皋记上》："太原郡东有崖山，天旱，土人常烧此山以求雨。俗传崖山神娶河伯女，故河伯见火，必降雨救之。"游

甲

贞观三年

甲 万僧不阻

乙 星宿为妖

万僧不阻 WAN SENG BU ZU

西牛贺洲铜台府地灵县，一寇姓员外为人乐善好施，行善助人多年，时年四十岁，开始斋请僧人，于家门前立下"万僧不阻"木牌。

员外面生喜色，笑吟吟的道："弟子贱名寇洪，字大宽，虚度六十四岁。自四十岁上，许斋万僧，才做圆满。今已斋了二十四年，有一簿斋僧的帐目。"原

关键词索引：斋僧

斋僧即为僧众免费提供斋饭。斋僧一开始的用意本是信徒们用来表明皈依之心，后来渐渐多了祝贺、报恩、行善的目的。斋僧法会在我国唐代最为盛行，曾举行万僧斋，这应该就是"万僧不阻碍"的原型。直到今天，在七月十五日举行盂兰盆法会，依然在佛教徒中流行。他们以斋僧供佛的方式来表达对三宝的恭敬供养。斋僧可得无量功德，但斋僧之法，以敬为宗，并依僧次延迎，不得妄生轻重。佛教"盂兰盆法会"的盂兰盆的梵语是乌蓝婆拏，法会起源自《盂兰盆经》。

星宿为妖 XING XIU WEI YAO

奎木狼下凡至宝象国，化为黄袍怪，于碗子山波月洞为妖，掳走宝象国公主百花羞为妻。

关键词索引：黄袍怪

黄袍怪，即星宿奎木狼。奎木狼，属木，二十八星宿之一，本相为狼，归于西方白虎七宿，也属于四木禽星之一。奎木狼星宿是我国古代神话和天文学结合的产物，源于古代人民对星辰的崇拜。

二十八星宿

二十八星宿是我国古代天文学为观测天象而划分的二十八个星区，其中又分为东、西、南、北四宫，每宫分别包含七宿。每七宿连缀起来都形似一种灵兽，即青龙、白虎、朱雀、玄武，以为是"天之四灵，以正四方"。

因为二十八星宿环列在日、月、五星的四方，很像日、月、五星（金、木、水、火、土）栖宿的场所。二十八星宿用来说明日、月、五星运行所到的位置。

黄袍怪 HUANG PAO GUAI

乙

四木禽星

四木禽星出自《西游记》，分别为角木蛟、斗木獬、奎木狼、井木犴。

神兵法宝

蘸钢刀

锋利无匹，无坚不摧。

注：蘸钢，即经过淬火工艺的钢。

乙

095

贞观七年

甲 月中结怨

乙 一人得道

月中结怨 YUE ZHONG JIE YUAN

太阴星君座下素娥仙子掌掴捣药玉兔后投胎凡世，玉兔心生怀恨。

太阴道："你亦不知。那国王之公主，也不是凡人，原是蟾宫中之素娥。十八年前，他曾把玉兔儿打了一掌，却就思凡下界。一灵之光，遂投胎于国王正宫皇后之腹，当时得以降生。原

关键词索引：太阴

太阴 **太阴星君** TAI YIN XING JUN

太阴即太阴星君，中国道教神话中的月神，又称月光娘娘、太阴星主、月姑等。全称为"上清月府黄华素曜元精圣后太阴皇君""月宫黄华素曜元精圣后太阴元君"或称"太阴元君孝道明王灵宝净明黄素天尊"。其诞辰为农历的八月十五。

延伸阅读

中秋节，又称祭月节、月光诞、月夕、秋节、仲秋节、拜月节、月娘节、月亮节、团圆节等，是中国民间的传统节日。中秋节源自天象崇拜，由上古时代秋夕祭月演变而来。中秋节自古便有祭月、赏月、吃月饼、玩花灯、赏桂花、饮桂花酒等民俗活动，流传至今，经久不息。

素娥仙子同为月宫嫦娥，具体介绍请见 073 页

甲

关键词索引：捣药玉兔

捣药玉兔即玉兔，又称月兔，商代文物中已有神话中玉兔的形象，体现为商周以来的玉兔形象。战国时代，屈原在《天问》："夜光何德，死则又育？厥利维何，而顾菟在腹？"

注："菟"即兔子。

延伸阅读

早期汉墓出土的帛画，都绘有在弯月上的兔子和蟾蜍的形象。在汉墓的壁画及画像石中，也可以看到不少奔跑在月亮上的兔子。

一人得道 YI REN DE DAO

黄花观中，一老道羽化升天，观内蜈蚣、蜘蛛沾染仙气，化为人形。

"才据你说将起来，你不认得那道士。他本是个百眼魔君，又唤作多目怪。"

关键词索引：百眼魔君

百眼魔君的本体为千手百眼的巨型蜈蚣，身上的数百只眼睛可放射金光攻击敌人。他身居黄花观，是盘丝洞的七名蜘蛛精的师兄，幻化为道士模样，擅长炼制丹药，其兵器是一把宝剑，所炼制的毒药厉害无比，天神亦不能防。

延伸阅读

神通广大

百眼魔君两胁各生百眼，眼中能迸放出夺目的金光，伴有黄色浓雾，能将方圆数里困成铁桶，饶是神仙进此雾中，也不能挣脱。

甲乙

"那妖精到此，住不上十年。小神自三年前检点之后，方见他的本相，乃是七个蜘蛛精。"原

关键词索引：蜘蛛精

蜘蛛精登场于《西游记》第七十二回，共姐妹七个，擅使吐丝神通，常用宝剑争斗，洞府为盘丝洞。七妖膝下皆有一义子，分别为蜜蜂妖、蚂蜂妖、蛅蜂妖、班毛妖、牛蜢妖、抹蜡妖、蜻蜓妖。

延伸阅读

在《西游记》中，七妖沐浴之处名为濯垢泉，该泉本为七仙女所有，传说后羿射落九日，其中一个太阳便化成了濯垢泉。

贞观九年

甲 观音东寻

乙 玉龙罹难

观音东寻 GUAN YIN DONG XUN

如来佛祖欲传三藏真经，观音菩萨东寻取经人，于流沙河收卷帘大将，赐名悟净，于云栈洞收天蓬元帅，赐名悟能，于五行山收悟空。

如来讲罢，对众言回："我现四大部洲，众生善恶，各方不一……我今有三藏真经，可以劝人为善。"

如来见了，心中大喜道："别个是也去不得，须是观音尊者，神通广大，方可去得。"原

关键词索引：三藏真经

三藏，是对佛教经典的一种总称。"藏"的梵文原意是盛放各种东西的竹箧。佛教学者借以概括佛教的全部经典，有近乎"全书"的意思。"经"是纵线的意思，取其能贯穿摄持各种佛教义理的意义。三藏包括以释迦牟尼口气叙述的"经藏"，梵语音译为修多罗或素怛缆藏；约束佛教徒行为的"律藏"，梵语音译为毗尼或毗奈耶律；从理论上解释、发挥经的"论藏"，梵语音译为阿毗昙、毗昙或阿毗达摩藏。

延伸阅读

在《西游记》中对三藏真经有着不同的解释。"如来曰：'我有《法》一藏，谈天；《论》一藏，说地；《经》一藏，度鬼。三藏共计三十五部，该一万五千一百四十四卷，乃是修真之径，正善之门。'"

师徒二人正走间，忽然见弱水三千，乃是流沙河界。原

关键词索引：流沙河

流沙河乃西游世界中的一处绝险之地，原文中曾有诗云：八百流沙界，三千弱水深。鹅毛飘不起，芦花定底沉。

延伸阅读

流沙河的原型

西双版纳有同名河流，但西游世界中流沙河的原型应该是位于新疆的开都河，"开都"在蒙古语中用来形容弯曲悠缓的曼妙姿态。开都河源出阿尔明山，全长610千米，东南流注博斯腾湖，传说唐僧取经的"晒经岛"就在和静县境内。

玉龙罹难 YU LONG LI NAN

西海龙王三太子，纵火烧毁明珠，被西海龙王上告其忤逆，不日遭诛。观音菩萨出面求情，免得一死，被贬至蛇盘山鹰愁涧。

菩萨却与木吒辞了悟能，半兴云雾前来。正走处，只见空中有一条玉龙叫唤。菩萨近前问曰："你是何龙，在此受罪？"那龙道："我是西海龙王敖闰之子……"原

关键词索引：小白龙

在《西游记》中小白龙被称作玉龙三太子，并未详述其名字。在《西游记》目录或书中诗词里，白龙马也常被称作意马，五行属火。

小白龙 XIAO BAI LONG

在《大慈恩寺三藏法师传》有这样的记述：明日日欲下，遂入草间，须臾彼胡更与一胡老翁乘一瘦老赤马相逐而至……胡翁曰："师必去，可乘我马。此马往返彼吾已有十五度，健而知道。师马少，不堪远涉。"法师乃窃念在长安将发志西方日，有术人何弘达者，诵咒占观，多有所中。法师令占行事，达曰："师得去。去状似乘一老赤瘦马，漆鞍桥前有铁。"既睹所乘马瘦赤，漆鞍有

铁，与何言合，心以为当，遂即换马。

从这里开始，唐僧的坐骑已经开始被神化。杨景贤《西游记杂剧》第二本第七出"木叉售马"中火龙三太子出场便念白道："小圣南海火龙，为行雨差迟，玉帝去斩龙台上，施行小圣。"同样，他也得到了观音菩萨的搭救，并化为白马随唐僧去西天驮经。这段情节已经和《西游记》第八回的观音菩萨点化玉龙的情节非常相似了。

延伸阅读

白马非马

玉龙最后化为白马，但白马非马，吴承恩在创作这一形象时，在其中暗藏了"白马非马"之意。白马非马是指中国逻辑学家公孙龙提出的一个逻辑问题，出自《公孙龙子·白马论》。

白龙马 BAI LONG MA

贞观十一年

甲　金鱼灭子

乙　悟能入赘

金鱼天子 JIN YU MIE ZI

南海普陀山莲花池中一金鱼下凡至通天河为妖，霸占鼋精府邸，号"灵感大王"，强迫村民为其进献童男童女。

碑上有三个篆文大字，下边两行，有十个小字。三个大字，乃"通天河"；十个小字，乃"径过八百里，亘古少人行"。原

关键词索引：通天河

通天河位于我国青海省玉树藏族自治州境内，是长江源头干流河段，传说这里就是《西游记》中通天河的原型。

延伸阅读

《青海图说》记载："长江、古名丽水，一名神川，一名初午牛，其上流蒙名木鲁乌苏，番名州曲，或译曰直曲、周曲，普通曰通天河。"通天河出自青藏高原，因其地势高峻而得名。原系泛指青海省境内长江上源干流河段。游

老鼋道："大圣，你不知这底下水鼋之第，乃是我的住宅。自历代以来，祖上传留到我……那妖邪乃九年前海啸波翻，他赶潮头来此处，仗逞凶顽，与我争斗；被他伤了我许多儿女，夺了我许多眷族。"原

关键词索引：老鼋

《西游记》中的老鼋全称为粉盖癞头鼋。癞头鼋，又名绿团鱼，因其头有疙瘩似癞，故名。它是鳖类中最大的种类，广泛生活在江河、湖泊等淡水水域，在我国东南沿海地区皆有分布。它是肉食性动物，头较小，吻较宽圆且突短，不到眼径的1/2。颈较长，背盘近圆形，无角质盾片，覆以柔软的皮肤。背为暗绿色，具有黄点，散生小疣，腹为白至灰白色。

延伸阅读

《醒世恒言·薛录事鱼服证仙》："却说青城县里有个渔户叫作赵干，与妻子在沱江上捕鱼为业。岂知捕到一个癞头鼋，被他把网都牵了去，连赵干也几乎掉下江里。"

灵感大王具体介绍请见下册035页

甲

悟能入赘 WU NENG RU ZHUI

高翠兰 GAO CUI LAN

猪悟能化成人形，入赘高老庄，与高翠兰结为夫妻，一日饮酒过度，不慎变回原形。

此处乃是乌斯藏国界之地，唤作高老庄。一庄人家有大半姓高，故此唤作高老庄。⑩

关键词索引：高老庄

高老庄之主为高太公，育有三女，大的名为香兰，第二的名为玉兰，第三的名为翠兰。

我们在阅读《西游记》时不难发现，很多地点都是以庄园的形式出现的。这就不得不提我国封建时期的庄园经济。庄园经济是指以佃佣为主要经济基础的经济类型，我国自春秋战国产生私有土地制后，农民难堪生活重负而被迫出卖田地，富者承买兼并，所谓大地主，即由此而生。到了汉代，贫富阶级悬殊尤甚。三国承汉之后，其政治制度虽有所变化，而生产关系则依然如故，其经济基础依然为以佃佣为主，因而当时的地主阶级在社会上极有势力。

延伸阅读

封建时期的土地所有制形式及其占田之多寡，可以分为国家庄园经济、世族庄园经济、小耕农经济三种。

贞观十三年

人曹斩龙 REN CAO ZHAN LONG

大唐都城长安境内，泾河龙王与袁守城打赌，因其争强好胜违背天旨，克扣雨数三寸八点，被人曹官魏征处斩。

都城大国实堪观，八水周流绕四山。多少帝王兴此处，古来天下说长安。此单表陕西大国长安城，乃历代帝王建都之地。㊥

关键词索引：长安

长安是我国历史上首次被称为"京"的城市，周文王定都于此时筑设丰京，武王即位后再建镐京，合称丰镐。同时，长安城也是我国古代城市规划的经典之作，坊与市的设置影响了后世近千年。

注：坊即居民区，市即商业区。

公元前 202 年，汉高祖于渭河南岸、秦朝王宫的基础上兴建了长乐宫并于公元前 200 年将国都由栎阳迁移至此，因地处长安乡，故名长安城，取"长治久安"的美好寓意。

长安为十三朝古都，是我国历史上建都朝代最多，建都时间最长，影响力最大的都城，居中国四大古都之首。同时它又是世界四大文明古都之一，是联合国教科文组织最早确定的世界历史名城和国务院最早公布的国家历史文化名城之一。

唐三彩

唐三彩全称唐代三彩釉陶器，釉彩以黄、绿、白三色为主，是我国古代的艺术珍品。

盛唐时期，长安成为了东亚范围内的贸易中心，是世界上规模最大的都市。唐代长安城周长达 35.56 公里，面积约 84 平方公里，是如今西安城墙内面积的 9.7 倍，西汉长安城的 2.4 倍，元大都的 1.7 倍，明清北京城的 1.4 倍，公元 447 年的君士坦丁堡的 7 倍，公元 800 年的巴格达城的 6.2 倍，古代罗马城的 5 倍。

延伸阅读

中国四大古都：洛阳、长安、南京、北京
世界四大文明古都：长安、开罗、雅典、罗马

龙王甚怒，急提了剑就要上长安城，诛灭这卖卦的。原

关键词索引：泾河龙王

泾河龙王

JING HE LONG WANG

泾河龙王，登场于《西游记》第九回，是西海龙王的妹夫，小鼍龙的父亲。任八河都总管，掌司雨之职，八河分别为：泾河、渭河、沣河、涝河、潏河、滈河、浐河、灞河。

其上司为水德星君，原文中曾表："水德星君闻言，即将查点四海五湖、八河四渎、三江九派并各处龙王俱遣退，整冠束带，接出宫门，迎进宫内道：'昨日可韩司查勘小宫，恐有本部之神，思凡作怪，正在此点查江海河渎之神，尚未完也。'"

延伸阅读

泾渭分明

出自《诗经·邶风·谷风》："泾以渭浊，湜湜其沚。"说的是泾河水清，渭河水浑，泾河的水流入渭河时，清浊的界限很分明。比喻界限清楚，是非、好坏分明。游

甲

招牌有字书名姓，神课先生袁守诚。此人是谁？原来是当朝钦天监台正先生袁天罡的叔父，袁守诚是也。^原

关键词索引：袁守诚

袁守诚，唐代术士，在《西游记》第九回"袁守诚妙算无私曲 老龙王拙计犯天条"中有对袁守诚的描述，说他相貌稀奇，仪容秀丽，能知前后，善断阴阳。其侄袁天罡为唐朝著名星相家，发明了流传至今的称骨算命法。

儒生、道士、方士、江湖术士、法术之士在古代都可以被称为术士。如今术士多指以占卜、星相等为职业的人。

袁守诚
YUAN SHOU CHENG

延伸阅读

《资治通鉴·晋武帝泰始八年》："吴主即克西陵，自谓得天助，志益张大，使术士尚广筮取天下，对曰：'吉。庚子岁，青盖当入洛阳。'"

这泾河龙王也不回水府，只在空中等到子时前后，收了云头，敛了雾角，径来皇宫门首。此时唐王正梦出宫门之外，步月花阴，忽然龙王变作人相，上前跪拜。口叫："陛下，救我！救我！" 原

唐王

TANG WANG

关键词索引：唐王

唐王即唐太宗李世民（598年1月28日—649年7月10日），唐朝第二位皇帝（626年—649年在位），古代著名的政治家、战略家、军事家、书法家、诗人。

李世民继任帝位后，便不拘一格降人才，并设立了弘文馆，进一步收揽天下人才。李世民在位期间不断完善制度，这一时期均田制、租庸调制、科举制等有利于百姓的政策都有所发展。

贞观之治

因隋末战乱，导致国家人口锐减，李世民即位初期，登记在册的百姓只有200万户。李世民以史为鉴，除自己戒骄戒躁外，还嘱咐臣子们敢于进谏。他主张薄赋尚俭，与民休息。经过不断努力，终使朝野局势得以稳定。军事上，李世民多次对外用兵，先后平定突厥、薛延陀、回纥、高昌、焉耆、龟兹、吐谷浑，由是唐朝声威远播，四方宾服。经李世民君臣二十三年的努力，社会安定、经济恢复并稳定发展。

至公元652年，唐朝人口达到三百八十多万户，史称"贞观之治"。 游

延伸阅读

弘文馆，官署名。主要负责校正图籍，教授生徒。遇朝有制度沿革、礼仪轻重时，馆内可以参与议论。置校书郎，掌校理典籍，刊正错谬。设馆主一人，总领馆务。

李世民自评

　　隋末分离，群凶竞逐，我提三尺剑，数年之间，正一四海，是朕武功所定也；突厥强梁，世为纷更，今乃袭我衣冠、为我臣吏，殊方异类，辐辏鸿胪，是朕文教所来也；突厥破灭，君臣为俘，安养之情，同于赤子，是朕仁爱之道也；林邑贡能言鸟、新罗献女乐，悯其离本，皆令反国，是朕敦本也。酬功录效，必依赏格；惩恶罚罪，必据刑书。割亲爱、舍嫌隙，以弘至公之道，是朕崇信也。非朕专自矜伐，欲明圣人之教不徒然也。

　　却说魏征丞相在府，夜观乾象……只闻得九霄鹤唳，却是天差仙使，捧玉帝金旨一道，着他午时三刻，梦斩泾河老龙。⑩

关键词索引：魏征

魏征 WEI ZHENG

　　魏征即魏徵（580年—643年2月11日），唐代的著名政治家、思想家、文学家和史学家，字玄成，下曲阳县人。曾参与修撰《群书治要》及《隋书》序论，《梁书》《陈书》《齐书》的总论等，其言论多见《贞观政要》。今存《魏郑公文集》与《魏郑公诗集》。

　　魏征早年跟随魏公李密，参加瓦岗起义，618年，归降唐朝，并说服李密旧部李勣献地归唐。后授太子洗马，辅佐太子李建成，献策平定刘黑闼和山东地区。玄武门之变后，归于唐太宗李世民麾下，初授谏议大夫、检校尚书左丞，安抚河北。

甲

魏征以敢于直言进谏而为人称道，他曾提出"兼听则明，偏听则暗""居安思危，戒奢以俭""薄赋敛""轻租税""息末敦本""宽仁治天下"等为政主张，对李世民的影响极大，对"贞观之治"的开创起到了厥功至伟的作用。

643 年，魏征去世后，获赠司空、相州都督，谥号"文贞"，并名列"凌烟阁二十四功臣"第四位。

延伸阅读

公元 643 年，唐太宗为纪念当初一同打天下的诸多功臣而命阎立本在凌烟阁内描绘了二十四位功臣的画像。

李世民对魏征的评价

魏徵、王珪，昔在东宫，尽心所事，当时诚亦可恶。我能拔擢用之，以至今日，足为无愧古人。贞观以前，从我平定天下，周旋艰险，玄龄之功，无所与让。贞观之后，尽心于我，献纳忠谠，安国利民，犯颜正谏，匡朕之违者，唯魏徵而已。古之名臣，何以加也。

延伸阅读

魏征与门神

泾河龙王被斩后，其鬼魂夜夜来惊吓唐太宗。魏征得知此事后，就委托秦琼、尉迟恭这两员大将把守宫门。果然，老龙畏惧，不敢再犯。但几日后，老龙又从宫殿后门进入，魏征便亲自持剑替李世民坐镇后门，宫殿因此得以太平。之后李世民体谅臣子辛苦，便命人画了秦琼、尉迟恭两人的画像并将其贴在宫殿前门，画了魏征画像并将其贴于后门，依旧有效。此举也开始在民间流传，秦琼、尉迟恭与魏征便成了门神，双门左右贴秦琼和尉迟恭，单门贴魏征。

唐太宗魂游地府

TANG TAI ZONG HUN YOU DI FU

泾河龙王不服判决，于阴司状告唐太宗，争胜之心未变，被判入轮回。太宗魂游地府，刘全偿债到地府送瓜。

十王闻言，伏礼道："自那龙未生之前，南斗星死簿上已注定该遭杀于人曹之手，我等早已知之……是我等将他送入轮藏，转生去了……"言毕，命掌生死簿判官："急取簿子来，看陛下阳寿夭禄该有几何？"崔判官急转司房。⑩

关键词索引：崔判官

崔判官在民间俗称崔府君，判官位于酆都天子殿中，负责审判来到冥府的幽魂。冥府中共有四大判官，分别为：赏善司，魏征；罚恶司，钟馗；查察司，陆之道；阴律司，崔珏。

相传崔判官名珏，乃隋唐年间人，曾担任潞州长子县令。传说他能"昼理阳间事，夜断阴府冤，发摘人鬼，胜似神明"。

崔判官

CUI PAN GUAN

延伸阅读

广泰庙又称判官庙，位于陕西省西安市大明宫乡广大门村，是全国唯一一座供奉判官的道教庙观。

　　自此时，盖天下无一人不行善者。一壁厢又出招贤榜，招人进瓜果到阴司里去……榜张数日，有一赴命进瓜果的贤者，本是均州人，姓刘名全，家有万贯之资。^原

刘全

LIU QUAN

关键词索引：刘全

　　刘全，《西游记》中的人物，均州人。唐太宗魂游地府时，曾答应要给十殿阎罗奉送南瓜。刘全因和妻子闹矛盾，导致其妻李翠莲自杀，刘全为此舍了性命，弃了家小，愿以死进瓜。到了阴间，十殿阎罗明白原委，检查生死簿，发现他们夫妻都有登仙之寿，于是让刘全还阳，让李翠莲还魂并附身于刚去世的唐御妹李玉英之身，夫妻二人欢欢喜喜还乡。

延伸阅读

　　唐太宗魂游地府时，除答应为十殿阎王派人送来南瓜，还借了相良存在阴间的一库金银，疏通了归路。太宗还阳后，知相良不收金银，即传旨教胡敬德（即尉迟恭）将金银与他修理寺院，起盖生祠，请僧作善，就当还他一般。旨意到日，敬德望阙谢恩，宣旨，众皆知之。遂将金银买到城里军民无碍的地基一段，周围有五十亩宽阔，在上兴工，起盖寺院，名"敕建相国寺"。该寺左有相公相婆的生祠，镌碑刻石，上写着"尉迟公监造"，即今大相国寺。

西天取经 XI TIAN QU JIN

玄奘因德行高尚，被唐太宗赐予左僧纲、右僧纲、天下大阐都僧纲之职。九月初三，主持水陆大会，在会上得观音菩萨点化。九月十二日，与唐王结拜为兄弟，得名三藏，启程前往西天求取大乘真经。

太宗甚喜道……选举一名有大德行者作坛主，设建道场……当时三位引至御前，扬尘舞蹈，拜罢奏曰："臣璃等蒙圣旨，选得高僧一名陈玄奘。"原

玄奘
XUAN ZANG

关键词索引：玄奘

玄奘，即唐僧，前世为如来佛祖的二徒弟金蝉子。因佛法造诣深厚，被唐太宗邀请召开"水陆大会"，会上被观音菩萨指定为取经人，与唐太宗结拜后前往西天求取真经。

延伸阅读

水陆大会即水陆法会，全称"法界圣凡水陆普度大斋胜会"，简称水陆会，或水陆道场、悲济会等，是汉传佛教中一种隆重而盛大的佛事仪式。

唐僧的人物原型是唐朝时期的高僧玄奘。玄奘出生于河南洛阳，13岁时于洛阳净土寺出家。贞观三年（即公元629年），他远游印度，学习佛法，并带回大小乘佛教经律论，共五百二十夹，六百五十七部。

神兵法宝

锦襕袈裟：上嵌七宝，水火不侵，可以防身驱祟。

九环锡杖：上有九环，持在手中，不遭毒害。

紫金钵盂：唐太宗李世民钦赐，做化缘用。

在《西游记》中唐僧虽然没有降妖除魔的本领，但由于他矢志不移的性格，也受到了大量读者的喜爱。作为师父，他对徒弟严加管教；作为僧侣，他乐善好施，同情劳苦大众；作为求学者，他坚韧不拔。就是这种高洁的品格，使他最后取得了真经。

延伸阅读

玄奘回到长安后，由他口述，辩机编撰的地理史籍《大唐西域记》诞生了。《大唐西域记》记载了玄奘在西行游历途中的所见所闻，其中包括了两百多个国家和城邦，还有许多不同的民族。该书对西域各国，以及各民族的生活习俗、婚葬礼仪、宗教信仰、沐浴方式、治疗疾病和音乐舞蹈等方面进行了记载，从不同层面、不同角度、不同程度反映了西域的风土民俗，成为后世学者们研究西域历史的重要依据。

心猿归正　XIN YUAN GUI ZHENG

深秋，唐僧在巩州遇险，太白金星出手相救。得刘伯钦搭救，从虎口脱险。五行山揭帖救悟空脱难。腊月，于鹰愁涧收白龙马。

那黑汉道："此三者何来？"魔王道："自送上门来者。"处士笑云："可能待客否？"魔王道："奉承！奉承！"山君道："不可尽用，食其二，留其一可也。"原

寅将军　YIN JIANG JUN

特处士　TE CHU SHI

熊山君　XIONG SHAN JUN

关键词索引：巩州三妖

寅将军、熊山君、特处士三妖占据双叉岭，他们是唐僧在取经路上遇到的第一难。寅将军本是一只虎精，因唐僧急于取经，起早赶路，落入了寅将军的陷阱，两个仆从被寅将军、熊山君、特处士吃了，多亏太白金星搭救，唐僧才逃离虎穴。熊山君，乃黑熊所化，法力颇深，性格残暴。特处士，乃是一只牛精。

注：斑特处士为牛的别名。

延伸阅读

巩州城所在的河州卫在今青海、甘肃交界地区，唐朝时候属于鄯州，是大唐与吐蕃的交界。明代河州卫的核心地带就有叫作老虎沟的地方，而它所相邻的甘肃地区，古称陇右，更是多虎地区，汉代就有李广射虎之说。

那条汉到边前，放下钢叉，用手搀起道："长老休怕。我不是歹人，我是这山中的猎户，姓刘名伯钦，绰号镇山太保。我才自来，要寻两只山虫食用，不期遇着你，多有冲撞。"⑩

关键词索引：刘伯钦

刘伯钦，《西游记》中的人物，绰号镇山太保。家住双叉岭和两界山交界处，和妻子、母亲同住，一家三口以打猎为生。这里的太保不是官职，而是对绿林好汉的尊称。

刘伯钦 LIU BO QIN

延伸阅读

刘伯钦进山打猎，救下即将葬身虎口的唐僧，并对其好生招待。唐僧超度了刘伯钦的亡父，刘家对唐僧感激不尽，刘伯钦一直把唐僧送至两界山，方才分手。刘伯钦可谓是唐僧最早的守护者。

　　"徒弟啊，你姓甚么？"猴王道："我姓孙。"三藏道："我与你起个法名，却好呼唤。"猴王道："不劳师父盛意，我原有个法名，叫做孙悟空。"三藏欢喜道："也正合我们的宗派。你这个模样，就像那小头陀一般，我再与你起个混名，称为行者，好么？"悟空道："好！好！好！"⑱

关键词索引：孙行者

孙行者
SUN XING ZHE

　　孙行者又称齐天大圣、孙悟空、斗战胜佛，《西游记》中当之无愧的第一主角。出生于娑婆世界东胜神洲傲来国花果山，由天地初开之时遗留下的一块仙石孕育而生。为求长生拜菩提祖师为师，习得大品天仙决、七十二变和筋斗云等盖世神通。之后到龙宫寻宝，得如意金箍棒，接着大闹天宫，被压五行山下。被唐僧救出后，法号行者，到西天取经，一路降妖除魔，修成正果后被封为斗战胜佛。

　　《西游记》的目录和部分正文中多次称孙悟空为"心猿"。"心猿"的概念最早应是源于鸠摩罗什翻译的《维摩诘经》。"心猿"的概念被广泛应用于明代以前的三教文献及文学作品之中，尤其是在金元时期的道教内丹学经典中，"心猿"的出现频率尤其高，如《重阳全真集》中的"意马心猿休放劣""如要修持，先把心猿锁"等。"心猿"明显是孙悟空形象的一个重要来源。

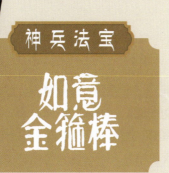

神兵法宝

如意金箍棒

孙悟空的封号

明代吴承恩所写的《西游记》记载：孙悟空的道教称号为"混元一气上方太乙金仙美猴王齐天大圣"，佛号为"斗战胜佛"。

明代朱鼎臣和杨致和所写的《唐三藏西游释厄传·西游记传》记载：孙悟空忠心救师，升为"斗胜佛"。

《大唐三藏取经诗话》记载：猴行者自称"花果山紫云洞八万四千铜头铁额猕猴王"，被唐太宗授予"铜筋铁骨大圣"。

孙悟空与无支祁

无支祁是我国神话中的水怪。他的形状类似猿猴，有着火眼金睛，其头颈有百尺之长，身负九象之力。《太平广记》中的《戎幕闲谈》详细记载了无支祁的传说。

元代戏曲作家吴昌龄的杂剧《唐三藏西天取经》中，提到孙悟空与无支祁是姊妹，可见从这里开始，孙悟空的人物塑造就已经借鉴了无支祁的形象。

宋元以来，禹伏无支祁的故事在民间广为流传。故事里的无支祁被大禹锁在龟山足下。而在吴承恩笔下，孙悟空则被如来佛祖压在了五行山下。

延伸阅读

南宋时期的《大唐三藏取经诗话》中的"白衣秀才猴行者"一角，是孙悟空第一次在文本资料里出现，应是文艺工作者们创造孙悟空的雏形。这位猴行者原是一位大罗神仙，因偷吃王母蟠桃，被贬至花果山，之后又护送玄奘取经。但该角色被塑造得非常单调，人、神、猴的性格没有得到很好的统一，直到《西游记平话》和杂剧《西游记》中，孙悟空的性格才得到了质的丰满。

那人道："你是不知，我说与你听：一个唤作眼看喜，一个唤作耳听怒，一个唤作鼻嗅爱，一个唤作舌尝思，一个唤作意见欲，一个唤作身本忧。"原

关键词索引：六贼

　　六贼为死在孙悟空棍下的六个贼人。《西游记》中到处都是学问，这六贼的名字就暗含极深的佛门道理。佛家有六根六尘六识的说法。六根指眼、耳、鼻、舌、身、意。六尘指眼根所见的颜色和形色，耳根所听的声音，鼻根所嗅的香臭，舌根所尝的味道，身根所触的粗细与冷热，意根所感的知觉。六识指从六根接触六尘而产生的判别力与记忆力。此六贼便是孙悟空的六根六尘六识所化的。

六贼 LIU ZEI

　　佛家认为，一旦人的六根清净，那离超凡入圣的境界也就不远了。而孙悟空打死了六贼，也就是清净了六根，这也正是所谓的"心猿归正"。

延伸阅读

鼠逃黄风岭

SHU TAO HUANG FENG LING

黄毛貂鼠得道成仙，盗取灵山灯油，被如来佛祖拿下，派灵吉菩萨看押，不久逃至黄风岭为妖。

他本是灵山脚下的得道老鼠，因为偷了琉璃盏内的清油，灯火昏暗，恐怕金刚拿他，故此走了，却在此处成精作怪。原

关键词索引：黄风怪

黄风怪使用一杆三股叉，十分骁勇，因吞食了灵山灯油，修得三昧神风，神通广大，无人可挡，只有灵吉菩萨手中的法宝才是其克星。书中赞其"手持三股钢叉利，不亚当年显圣郎"。

黄风怪

HUANG FENG GUAI

三股钢叉

长杆兵器，锋锐无双。

神兵法宝

戊

目录

CONTENTS

图说

JOURNEY TO THE WEST

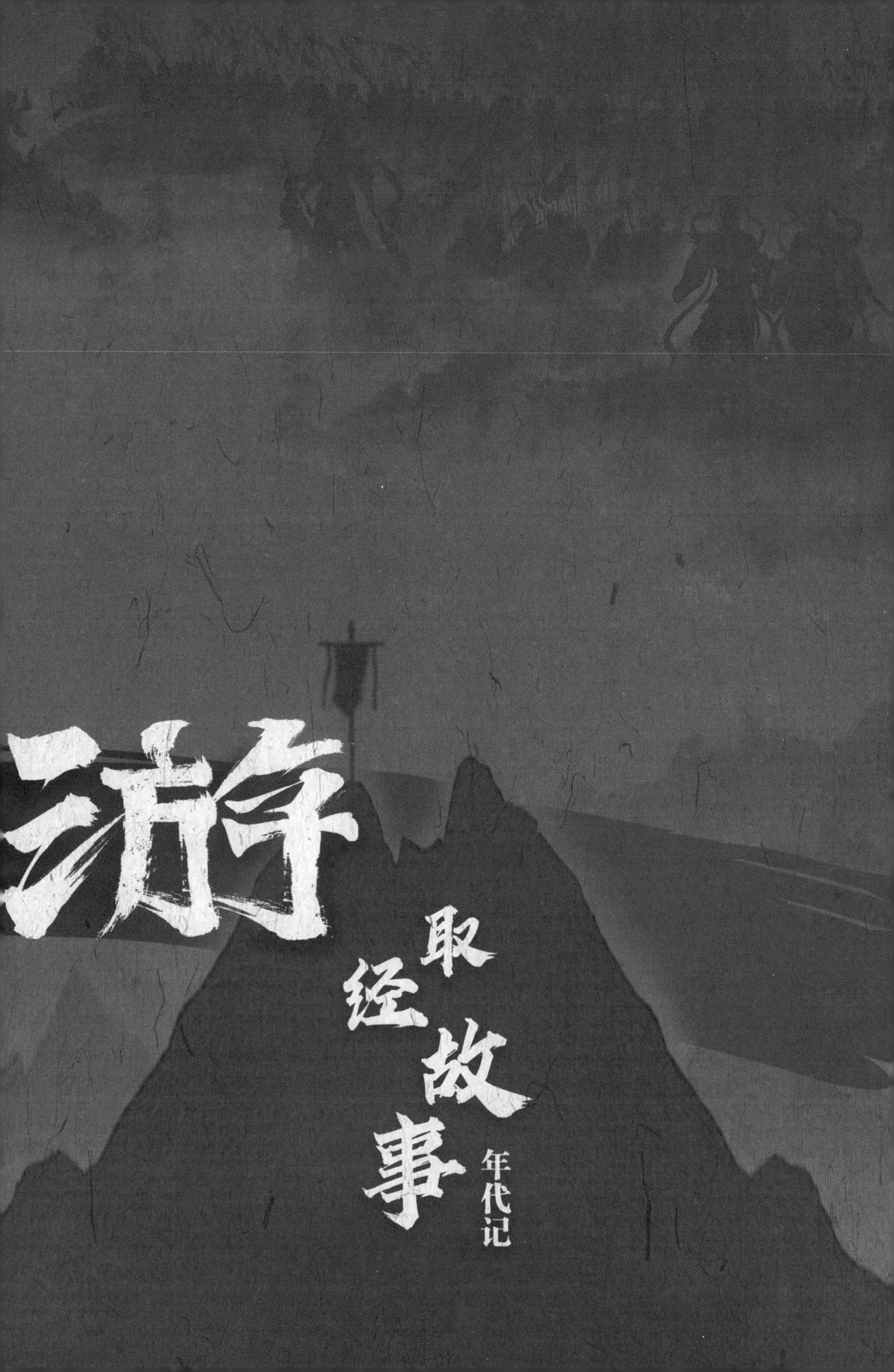
游
取经故事
年代记

贞观十四年

甲 观音禅院盗宝

乙 高老庄收八戒，浮屠山传心经

丙 灵吉定黄风

丁 流沙息止，悟净归服

观音禅院盗宝 GUAN YIN CHAN YUAN DAO BAO

唐僧师徒夜宿观音禅院，寺内住持谋宝纵火，黑熊怪盗袈裟，观音菩萨出手相助，收黑熊怪为落伽山守山大神。

那院主献了茶，又安排斋供。天光尚早，三藏称谢未毕，只见那后面有两个小童，搀着一个老僧出来。⊕

关键词索引：金池长老

金池长老为观音禅院的老住持，已有二百七十岁高龄，因一时贪念想烧死唐僧，侵吞锦襕袈裟，反将百年基业毁于一旦。锦襕袈裟也被其老友黑熊怪趁乱盗走，事情败露后因无脸见人选择撞墙而死。

金池长老 JIN CHI ZHANG LAO

延伸阅读

西游记中的观音禅院，在黑风山以北二十里处，其布局精致、装修豪华，全然不像一座山野寺庙。而在我国西安市也有一座观音禅院，其占地面积为三十六亩，建筑面积为七千平方米。寺内天王殿、功德堂、观音阁、财神殿、送子殿、放生池、素食馆、净心苑等主体建筑金碧辉煌、气势磅礴。

甲

高老庄收八戒，浮屠山传心经
GAO LAO ZHUANG SHOU BA JIE , FU TU SHAN CHUAN XING JING

在高老庄孙悟空制服猪悟能，唐僧赐名"八戒"。浮屠山下，乌巢禅师传唐僧《心经》。

三藏道："不可！不可！你既是不吃五荤三厌，我再与你起个别名，唤为八戒。"那呆子欢欢喜喜道："谨遵师命。"因此又叫作猪八戒。 原

关键词索引：猪八戒

猪八戒，法号悟能，浑名八戒，乃唐僧座下二弟子。猪八戒前世为执掌天河八万水兵的"天蓬元帅"，后受观音菩萨点化，护唐僧去西天取经，几经劫难，因挑担和保护唐僧有功，修成了正果，被如来佛祖封为"净坛使者"。

他是师徒四人中的喜剧代表，性格特征鲜明。

猪八戒
ZHU BA JIE

天蓬元帅具体介绍请见上册071页

人物原型

三国时期，魏国有一僧人名为朱士行，法号八戒。公元250年左右，印度高僧昙河迦罗来到洛阳传播佛法，首创戒度僧制度。朱士行率先登坛受戒，成为汉家沙门第一人。公元260年，他从雍州出发到西域于阗国，抄译《大品经》，并在此圆寂。

乙

鲁迅认为猪八戒的形象是从中国古代神话传说中发展演变而来的，例如干宝所写的《搜神记》中的"猪臂金铃"故事，旷源所写的《闲话猪八戒》一文补充了鲁迅的论点，他认为《搜神记》中的"安阳亭书生"中的母猪精形象更接近猪八戒。

陈寅恪所写的《西游记玄奘弟子故事之演变》推考猪八戒是从唐义净翻译的《根本说一切有部毗奈耶杂事》卷三《佛制苾刍发不应长因缘》中变大猪救沙门之大神衍化而成的。

　　那师父在马上遥观，见香桧树前，有一柴草窝。左边有麋鹿衔花，右边有山猴献果。树梢头，有青鸾彩凤齐鸣，玄鹤锦鸡咸集。八戒指道："那不是乌巢禅师！"原

关键词索引：乌巢禅师

　　乌巢禅师，乃高老庄外、浮屠山上一位得道高僧，神通广大，和猪八戒相识，曾劝八戒随他修行，并向唐僧授予《心经》。

乌巢禅师
WU CHAO CHAN SHI

《心经》

即《摩诃般若波罗蜜多心经》，佛教经典，简称《般若心经》或《心经》，由玄奘翻译，知仁笔受，共一卷，是般若经类的精要之作。由于经文短小精粹，便于持诵，此经在西藏很流行。近代又被译为多种文字在世界各地流传。

灵吉定黄风 LING JI DING HUANG FENG

唐僧在黄风岭被擒，孙悟空大战黄风怪，不慎被迷双眼，得灵吉菩萨相助降伏妖魔。

只见那半空里，灵吉菩萨将飞龙宝杖丢将下来，不知念了些甚么咒语，却是一条八爪金龙，拨喇的轮开两爪，一把抓住妖精。㊙

关键词索引：灵吉菩萨

灵吉菩萨 LING JI PU SA

灵吉菩萨是《西游记》中八菩萨之一，法场位于小须弥山，手持飞龙杖，携如来佛祖所赐定风丹，法力广大，曾多次解救唐僧师徒于危难之中。

神兵法宝

飞龙杖：能化为八爪金龙，妖魔触之即溃。
定风丹：随身携带可于狂风之中岿然不动。

延伸阅读

据查证，现实佛教中并没有灵吉菩萨此人，应是作者以风伯为原型创造的人物。风伯即风神，也称箕伯。"灵吉"与"廉箕"读音相似，并且两者的神通都跟风有关，可见两者关系密切。

丙

流沙息止，悟净归服

LIU SHA XI ZHI，WU JING GUI FU

悟空、八戒与沙悟净在八百里流沙河大战，木叉助阵，沙悟净归服。木叉将葫芦化舟，助师徒四人渡过流沙河。

"今日路阻流沙河，不能前进，不得他，怎生处治？等我去请他，还强如和这妖精相斗。"……那轮日的诸天，径至潮音洞口报道："孙悟空有事朝见。"原

关键词索引：诸天

诸天即二十四诸天，包括功德天、辩才天、大梵天王、帝释天、四大天王、日天、月天、金刚密迹力士、摩醯首罗天、散脂大将、韦驮天、坚牢地神、菩提树神、鬼子母、摩利支天、娑竭罗龙王、阎魔罗王、紧那罗王、紫微大帝、东岳大帝、雷神。

延伸阅读

天，作为简称，除指代上述的二十四位天神外，还有两层意思。一是指天界，如六道、十界中的天道、天界，又如兜率天、他化自在天等。二是指天人，如三善道的天、人、阿修罗。佛教认为只有修习十善业道者才能投生天界，成为天人。

菩萨正与捧珠龙女在宝莲池畔扶栏看花，闻报，即转云岩，开门唤入。 ⓪

关键词索引：捧珠龙女

　　捧珠龙女为观音菩萨身边协侍，二十四诸天中婆竭罗龙王之女。她自幼聪明伶俐，在八岁时，文殊菩萨至龙宫说《法华经》，闻之豁然开朗，通达佛法，发菩提心，遂去灵鹫山礼拜如来佛祖，以人身成就佛陀。

形象溯源

　　龙女的形象最初来源于佛教。唐代汉译佛经，因此在唐代也首次出现了佛教的龙女形象。

　　龙女在唐代的代表名篇为《柳毅传》，其形象为一位被男主所救并与其婚恋的女子。受《柳毅传》的影响，后世的众多龙女形象，主要以与人类婚恋的异类形象为主。🀄

延伸阅读

捧珠龙女的形象总跟善财童子一起出现。在我国大足石窟的以观音菩萨为主像的雕刻群组之中，共有三处善财童子与捧珠龙女的雕像标有纪年，分别是：石门山第六号窟（南宋高宗绍兴十一年）、北塔第八号窟（南宋高宗绍兴十八年），以及北山第一三六号窟（南宋高宗绍兴十二年至十六年）。

丁

长老道："你果肯诚心皈依吾教么？"悟净道："弟子向蒙菩萨教化，指河为姓，与我起了法名，唤作沙悟净，岂有不从师父之理！"㉠

关键词索引：沙悟净

罗汉，是阿罗汉的简称。在小乘佛教中，罗汉是伟大的佛陀得法弟子修证的最高果位。

延伸阅读

沙悟净，又称沙和尚、沙僧、金身罗汉。原为上界的卷帘大将，被贬下凡后，在流沙河兴风作浪，以吃人为生。后经观音菩萨点化，加入取经团队。在个性鲜明的孙悟空、猪八戒的映衬下，沙悟净的个性便显得模糊起来。在加入取经团队后，孙、猪两人都还保持着为妖时的一些性格特点，但沙悟净自打放弃妖怪身份后，便一心西天取经，谨守佛门戒律，最终功德圆满，被如来佛祖封为"金身罗汉"。

卷帘大将具体介绍请见上册 047 页

沙悟净 SHA WU JING

人物原型

学术界对于沙悟净的原型有比较统一的说法，据《大唐西域记》记载，玄奘西行途中，路经敦煌境内长达八百余里的流沙地带时，因脱水昏迷，是一位手持兵刃的高大神灵救了他。经过后世创作者们的加工演绎，八百余里的流沙地带变成了流沙河，而那位神灵即是沙悟净的原型。

延伸阅读

沙悟净曾在项下挂了九个骷髅头。这九个骷髅头据说是路过这里的九个取经人的头颅。还有一种说法是唐僧是十世灵童转世，取了十世经，前九次都是独自一人去的，走到流沙河就被沙悟净吃了，沙悟净脖子上戴的九个骷髅头便是唐僧前世的。

丁

贞观十五年

甲 四圣试禅心

乙 牛童梦呓，青牛下凡

丙 乌鸡国王罹水难

丁 观音借童子

四圣试禅心 SI SHENG SHI CHAN XIN

观音菩萨、文殊菩萨、普贤菩萨、黎山老母下凡幻化，以钱财美色试探唐僧师徒取经的决心，除猪八戒外，其余三人不为所动。

黎山老母不思凡，南海菩萨请下山。普贤文殊皆是客，化成美女在林间。圣僧有德还无俗，八戒无禅更有凡。从此静心须改过，若生怠慢路途难。⑩

关键词索引：黎山老母

黎山老母

LI SHAN LAO MU

黎山老母，亦称作"骊山老母"，武当山道教称其道号为玉清圣祖紫元君。黎山老母在我国民间信仰中有很大的影响力，很多道观中都供奉有她的圣像。

传说中的黎山老母横跨多个时代，具有极为强大的法力，传说许多女将都是她的弟子，如钟无艳、樊梨花、刘金定、穆桂英等。

《汉书·律历志》将黎山老母称为"骊山女"，是因其生活在骊山一带之故："寿王言化益为天子代禹，骊山女亦为天子，在殷、周间，皆不合经术。""骊山女亦为天子，遂以为女仙，尊曰老母。"

骊山，位于陕西省西安市临潼区城南，是秦岭山脉的一个支脉，海拔1302米，由东西绣岭组成，是秦岭晚期上升形成的突兀在渭河裂陷带内的一个孤立的地垒式断块山。因其山势逶迤，树木葱茏，远望宛如一匹苍黛色的骏马而得名。⑩

延伸阅读

甲

关键词索引：普贤菩萨

普贤菩萨是中国佛教的四大菩萨之一，象征着理德、行德。也曾被译为遍吉菩萨，梵文音译为三曼多跋陀罗。与毗卢遮那如来、文殊菩萨一起被尊称为"华严三圣"。

中国的普贤菩萨信仰

在《华严经》里，普贤菩萨劝人广修十大行愿，此即礼敬诸佛、称赞如来、广修供养、忏悔业障、随喜功德、请转法轮、请佛住世、常随佛学、恒顺众生、普皆回向。普贤菩萨以此十愿作为众生成就如来功德的主要法门。

延伸阅读

峨眉山为中国佛教四大名山之一，位于四川省峨眉山市西南。《峨眉郡志》云："云鬟凝翠，鬓黛遥妆，真如螓首峨眉，细而长，美而艳也，故名峨眉山。"相传其为普贤菩萨应化的道场。

关键词索引：文殊菩萨

文殊菩萨是中国佛教的四大菩萨之一，以论述"般若性空"和"般若方便"的理论著称。作为释迦牟尼佛的左胁侍，专司智慧，与司"理"的右胁侍普贤菩萨并称，相传他的道场在山西省五台山。

延伸阅读

五台山又名清凉山，位于山西省五台县东北部，为中国四大佛教名山之首。《大方广佛华严经》记载："东北方有处，名清凉山……现有菩萨，名文殊师利，与其眷属，诸菩萨众，一万人俱，常在其中，而演说法。"

文殊菩萨

WENG SHU PU SA

牛童梦吃，青牛下凡

NIU TONG MENG YI，QIN NIU XIA FAN

三十三重天兜率宫中看牛童儿打起瞌睡，太上老君坐骑青牛携其宝物金钢琢下凡为妖，号"独角兕大王"。

老君道："想是前日炼的七返火丹，吊了一粒，被这厮拾吃了。那丹吃一粒，该睡七日哩，那孽畜因你睡着，无人看管，遂乘机走下界去，今亦是七日矣。"原

青牛下凡后占山为王，自号独角兕大王。他能化三头六臂，手持丈二点钢枪，依仗太上老君的神兵金钢琢独霸一方。

关键词索引：独角兕大王

独角兕大王
DU JIAO SI DA WANG

延伸阅读

何为"兕"？
兕，指古代犀牛一类的兽名。跟兕有关的记载，最早见于《山海经》，上道："兕在舜葬东，湘水南。其状如牛，苍黑，一角。"梦

神兵法宝

由镔铁精钢打就，枪长一丈二，通身漆黑。枪名点钢，意为即便是百炼精钢也能一点即透，其锋利程度可见一斑。

点钢枪

乌鸡国王罹水难

WU JI GUO WANG LI SHUI NAN

乌鸡国王好善斋僧，如来佛祖差文殊菩萨度他归西早证金身罗汉。乌鸡国王不识真人，将文殊菩萨浸于河中整三日。如来佛祖命青毛狮子将其推入井中，以报文殊菩萨之恨。

行者道："自别后，西遇一方，名乌鸡国。那国王被一妖精假妆道士，呼风唤雨，阴害了国王，那妖假变国王相貌，现坐金銮殿上。"㉠

关键词索引：乌鸡国

青毛狮子怪
具体介绍请
见 067 页

《西游记》不光是一部精彩绝伦的神魔小说，更是一部反映当时社会黑暗、百姓疾苦的讽刺大作。作者以神魔精怪为引，大力批判了封建统治阶级的昏庸无能，荒淫残暴。如果不了解这一点，则读不懂吴承恩笔下的《西游记》。根据《西游记》成书的时间判断，乌鸡国一节，极有可能是以明代帝王朱厚照为原型的。

延伸阅读

明代正德十五年九月，明武宗朱厚照驾船游江，不慎跌落水中。虽被救起，但水呛入肺，身体每况愈下，加上秋日着凉，最终因肺炎而亡。历史上朱厚照没有留下子嗣，《西游记》中的青毛狮子接受了去势手术，不具备生育能力，两者之间何其相似。㉘

丙

假道士春游行凶

观音借童子 GUAN YIN JIE TONG ZI

观音菩萨为考验唐僧取经决心，三次前往兜率宫，向太上老君借来金银二童子。两子下凡，投了狐胎，化为金角大王、银角大王，妖母为九尾妖狐压龙大仙。

"那两个怪：一个是我看金炉的童子，一个是我看银炉的童子。只因他偷了我的宝贝，走下界来，正无觅处，却是你今拿住，得了功绩。"原

关键词索引：金角大王·银角大王

金角、银角占了平顶山莲花洞，收了精细鬼、伶俐虫等一干妖兵，自称大王。金角大王、银角大王使用的兵器皆为七星剑，并且有专门吸人的紫金红葫芦、玉净瓶，以及护身的芭蕉扇、捆绑敌人的幌金绳等几件法宝，虽自身实力不济，但凭借这几件厉害法宝，也算称霸了一方。

金角大王 JIN JIAO DA WANG

神兵法宝

芭蕉扇
其为太上老君煽火的法器，为至阳法宝，能扇出火气，是金钢琢的克星。

羊脂玉净瓶
其为太上老君炼丹盛水的法器，功效与紫金红葫芦相近。

丁

压龙大仙具
体介绍请见
027 页

紫金红葫芦
其原是昆仑山脚下仙藤上
所结的葫芦，后经太上老君
炼化，可将万物生灵收入其中，
化为脓水。

幌金绳
其本是太上老君的一根勒袍的腰带，
念动咒语即可自行飞去困人。

七星剑
其为太上老君炼制的宝剑，锋利无双。

神兵法宝

银角大王
YIN JIAO DA WANG

延伸阅读

金角、银角于兜率宫的职责为辅助太上老君炼丹。炼丹，在道家学说中被分为炼制外丹
与内丹。外丹术源自黄老道，是在丹炉里烧炼矿物以制造"仙丹"。后将人体拟作炉鼎，
用以炼化精气神，称为内丹术。

贞观十七年

甲 人参果事件始末

乙 三打白骨精

丙 失陷黑松林

丁 龙子恶占河神府

人参果事件始末
REN SHEN GUO SHI JIAN SHI MO

五庄观中孙悟空窃盗人参果，扳倒人参果树，镇元大仙怒擒四师徒，为保师父及同门性命，孙悟空遍寻仙山，最后得观音菩萨相助，仙树得活。

盖天下四大部洲，惟西牛贺洲五庄观出此，唤名草还丹，又名人参果。原

关键词索引：人参果

人参果是《西游记》中的顶级天材地宝，归镇元大仙所有。一万年才结三十个果子，果子的模样，就如三朝未满的小孩，四肢俱全，五官兼备。人若有缘得那果子闻一闻，就能活三百六十岁；吃一个，就活能四万七千年。而且此果只能用专属采摘器物"金击子"敲下。

延伸阅读

由南朝祖冲之所著的《述异记》记载："大食王国，在西海中。有一方石，石上多树，干赤叶青，枝上总生小儿，长六七寸，见人皆笑，动其手足，头著树枝。使摘一枝，小儿便死。"《大唐三藏取经诗话》则记载称，王母蟠桃入池化为小儿，再化为乳枣，猴行者取以食法师，后东归于唐朝，遂吐于西川，至今此地生人参是也。

当日镇元大仙得元始天尊的简帖，邀他到上清天上弥罗宫中听讲"混元道果"。大仙门下出的散仙，也不计其数，见如今还有四十八个徒弟，都是得道的全真。 原

关键词索引：镇元大仙

在《西游记》中，镇元大仙为地仙之祖，道号为镇元子，又名与世同君，道场为万寿山五庄观。其法力广大，在三界之中拥有赫赫威名，一招袖里乾坤神佛难挡。

延伸阅读

全真道又称全真派，与正一道并为道教两大派别。由金代道士所创，主张"三教圆融、识心见性、独全其真"的宗旨。

镇元大仙
ZHEN YUAN DA XIAN

那行者看不尽仙景，径入蓬莱。正然走处，见白云洞外，松阴之下，有三个老儿围棋：观局者是寿星，对局者是福星、禄星。 原

关键词索引：福禄寿

福禄寿是我国民间信仰的三位神仙，其信仰由来已久，三位神仙分别象征着幸福、吉利、长寿。汉族民间常把寿星与福、禄二星结合起来祭祀，合称福禄寿。

福禄寿
FU LU SHOU

甲

延伸阅读

福禄寿三星，起源于远古的星辰自然崇拜。福星原为岁星，即木星，后逐渐人格化，一说源于五斗米道所祀三官中的天官，演化为天官赐福之说。禄星为文曲星国神比干，北斗第四星。寿星是二十八星宿中东方七宿中的头二宿，即角、亢二宿，为列宿之长，故曰寿。

且不说八戒打诨乱缠。却表行者纵祥云离了蓬莱，又早到方丈仙山……圣号东华大帝君，烟霞第一神仙眷。孙行者觌面相迎，叫声："帝君，起手了。"㉠

西王母具体介绍请见上册 042 页

关键词索引：东华大帝君

东华大帝君全称三岛十洲仙翁东华大帝君，即东王公，与西王母共为道教尊神，又称"木公""东华帝君"。其信仰来源最早可以追溯到战国时期，当时楚地信仰"东皇太一"神，又称"东君"，此为东王公前身。

东王公一词，最早出现在葛洪所著的《枕中书》中，书中称之为扶桑大帝，文曰："元始君经一劫乃一施太元母，生天皇十三头，治三万六千岁，书为扶桑大帝东王公，号曰元阳父扶桑大帝，住在碧梅之中。"

延伸阅读

东王公的相关记载跟他的对偶神西王母相比就显得稀少了许多。他与西王母一样，在唐至北宋时期未被列入道士的醮神名单中，至南宋始被列入，且一直居西王母之前。

东华大帝君

DONG HUA DA DI JUN

甲

方坐待茶，只见翠屏后转出一个童儿。他怎生打扮：身穿道服飘霞烁，腰束丝绦光错落……转回廊，登宝阁，天上蟠桃三度摸。缥缈香云出翠屏，小仙乃是东方朔。^原

关键词索引：东方朔

东方朔，字曼倩，平原郡厌次县人，西汉时期著名文学家。汉武帝时期曾任常侍郎中、太中大夫等职。他性格诙谐，才思敏捷，是一位幽默大师，关于他的有趣传说数不胜数。在《西游记》中，孙悟空到访方丈仙山时，东方朔已成仙，其道名也为曼倩。

延伸阅读

史书记载东方朔为占卜高手，他被后世方士尊称为占卜鼻祖。每到农历三月，来自世界各地的东方朔崇拜者与占卜爱好者会赶到东方朔祠和东方朔墓进行祭拜。

那大圣至瀛洲，只见那丹崖珠树之下，有几个皓发皤髯之辈，童颜鹤鬓之仙，在那里着棋饮酒，谈笑讴歌。^原

关键词索引：瀛洲九老

为救活人参果树，孙悟空来到仙山瀛洲，请求瀛洲九老相助。但这九位神仙，在我国流传下来的其他神话传说当中并未有过记载，应是作者的原创人物。

甲

海上仙山

我国先民认为海上共有五座仙山，分别为：岱屿、员峤、方壶（方丈）、瀛洲、蓬莱。传说瀛洲乃是会稽海上一片纵横四千里的大地，岛上有青玉膏山，乃是一块高达千丈的温润璞玉，山中有泉名为"玉醴"，泉水味道甘甜，宛如佳酿。

延伸阅读

古籍记载

《史记·孝武本纪》："其北治大池，渐台高二十余丈，名曰泰液池，中有蓬莱、方丈、瀛洲、壶梁，象海中神山龟鱼之属。"

三打白骨精 SAN DA BAI GU JIN

白虎岭中大圣三打白骨精，唐僧肉眼凡胎不识精怪，怒念紧箍咒，一逐孙悟空。

八戒在旁边又笑道："好行者！风发了！只行了半日路，倒打死三个人！"唐僧正要念咒，行者急到马前，叫道："师父，莫念！莫念！你且来看看他的模样。"原

关键词索引：紧箍咒

紧箍咒是唐僧用来制服孙悟空的咒语，后世常用来比喻束缚人或使人难受的事物。

紧箍·禁箍·金箍

紧、禁、金三箍皆为佛祖所赐，三箍皆蕴含莫大法力，虽都做束缚之用，却含义不同。

紧箍： 紧为收，收为克制。紧箍有让人收敛性情，克服嗔意之用。

禁箍： 禁为令行禁止。此箍有灭除心中贪念之用。

金箍： 金自古便有辟邪、斧正的蕴意。此箍能消妖邪心中野性，使其回归正道。

失陷黑松林 SHI XIAN HEI SONG LIN

唐僧失陷黑松林，得百花羞相助，逃至宝象国王宫状告黄袍怪，却被其变为猛虎。八戒前往花果山求助，悟空归来，二十七星宿收服奎木狼。

"……我是那国王的第三个公主，乳名叫作百花羞。只因十三年前，八月十五日夜玩月中间，被这妖魔一阵狂风摄将来，与他做了十三年夫妻。"原

关键词索引：百花羞

百花羞本是披香殿侍香的玉女，因与奎木狼有姻缘之约，并思凡下界。托生成百花羞后失去前世记忆，忘记姻缘约定，被黄袍怪奎木狼强行掳走后过着痛苦的生活，与其育有两子。《礼节传簿》戏曲中这位公主则叫"绣花公主"。

延伸阅读

《礼节传簿》中记载的折子戏剧目达一百多种，它呈现了明代万历前折子戏演出之原生态，是折子戏研究中不可多得的宝贵文献。

龙子恶占河神府
LONG ZI E ZHAN HE SHENG FU

泾河龙王之子小鼍龙来到黑水河，霸占河神府邸，兴风作浪，为害一方！

龙王道："舍妹有九个儿子。那八个都是好的……此乃第九个鼍龙，因年幼无甚执事，自旧年才着他居黑水河养性……"原

关键词索引：小鼍龙

小鼍龙乃泾河龙王之子，西海龙王敖闰的外甥，其上有八名兄长，由长至幼分别是小黄龙、小骊龙、青背龙、赤髯龙、徒劳龙、稳兽龙、敬仲龙、蜃龙。

神兵法宝

竹节钢鞭

神钢打造，沉重无锋，形似竹节。

小鼍龙
XIAO TUO LONG

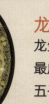

龙生九子

龙生九子一词常用来比喻亲兄弟之间存在性格差异。而九龙子最广为人知的版本是长子囚牛、次子睚眦、三子嘲风、四子蒲牢、五子狻猊、六子赑屃、七子狴犴、八子负屃、九子螭吻。

延伸阅读

丁

贞观十八年

甲 金银授首，狐族尽灭

乙 金丹天授，国王还魂

丙 怒火将息，善财有道

丁 太子摩昂助擒小鼍龙

戊 倒马毒灌拈花指

金银授首，狐族尽灭
JIN YIN SHOU SHOU，HU ZU JIN MEI

平顶山悟空与金银角斗法，万狐助阵惹心猿，大圣怒剿压龙山，妖魔授首之际太上老君现身调停。

二魔道："还有七星剑与芭蕉扇在我身边，那一条幌金绳，在压龙山压龙洞老母亲那里收着哩。如今差两个小妖去请母亲来吃唐僧肉，就教他带幌金绳来拿孙行者。"原

关键词索引：压龙大仙

压龙大仙是金角、银角之母，因居于压龙山压龙洞之中，又称压龙洞老怪，手下狐妖无数，有一弟名为狐阿七。其原型为一只九尾狐，最后死于金箍棒之下。

九尾狐

据《山海经》记载，九尾狐住在青丘国，有四只脚和九条尾巴，声音像婴儿，能吃人。在汉代，九尾狐还是代表着瑞祥的神兽，象征王者兴。

魏晋南北朝时期，巫风弥漫，狐狸因吃人的特性而被逐渐妖魔化。宋朝时期商纣王的妃子妲己被说成是九尾狐，并且传到了日本。到了明清时期，狐文化更加繁盛。据统计，大约 56 本小说里收录了 600 余篇狐妖故事。

延伸阅读

在日本传说中，白面金毛九尾狐、酒吞童子、化身为大天狗的崇德天皇怨灵并列为"日本三大恶妖怪"。

压龙大仙
YA LONG DA XIAN

金丹天授，国王还魂

JIN DAN TIAN SHOU， GUO WANG HUAN HUN

乌鸡国中唐僧师徒助真国王还魂，将狮猁王打回原形，文殊菩萨现身将其收走。

那菩萨袖中取出照妖镜，照住了那怪的原身……却将镜子里看处，那魔王生得好不凶恶……镜里观真象，原是文殊一个狮猁王。原

关键词索引：狮猁王

狮猁王原是文殊菩萨的坐骑青毛狮子，奉如来佛祖之命，下凡报复乌鸡国王。此怪精通变化，变作唐僧的模样后竟然连孙悟空的火眼金睛都不能辨别真假。

文殊菩萨曾说它是头被骗了的狮子。骗又称"割骗"，在旧时行帮中属于"搓捻行"。该行当的从业人员奉华佗为祖师爷，靠给农家劁猪、阉鸡、骟牲口为生，目前我国农村中仍有不少人以此为业。

狮猁王 SHI LI WANG

延伸阅读

我国在新石器时代，就已经驯化了六畜（牛、马、羊、豕、鸡、犬）。我国先民在长期饲养家禽、家畜的过程中积累了丰富的养殖经验，并发明了一直沿用至今的"禽畜阉割术"。在商代的甲骨文中，就已有关于阉割牲畜的记载。

怒火将息，善财有道

NU HUO JIANG XI，SHAN CAI YOU DAO

圣婴大王红孩儿为吃唐僧肉，变化欺人心，火烧枯松涧，悟空险丧命，观音菩萨出手相助，将其收为座下善财童子。

众神道："……他是牛魔王的儿子，罗刹女养的。他曾在火焰山修行了三百年，炼成三昧真火，却也神通广大。牛魔王使他来镇守号山，乳名叫作红孩儿，号叫作圣婴大王。"_原

关键词索引：红孩儿

红孩儿，原名牛圣婴，于号山枯松涧火云洞中称王。因喜穿红色，又擅使火焰神通，便得了红孩儿这么个乳名。他使用一杆丈八火尖枪，武功非凡，占山为王期间无恶不作，最后被观音菩萨收为座下善财童子。

红孩儿

HONG HAI ER

神兵法宝

火尖枪

火尖枪为长一丈八的锋利长枪，枪头能射滔天烈焰，威力无穷。

红孩儿庙

通州紫清宫内殿壁绘制了生动逼真的红孩儿形象，又称红孩儿庙。此庙是道教宫观，是由明代中期的京城人士共同捐献的。在清代同治和光绪年间重建过。

延伸阅读

丙

太子摩昂助擒小鼍龙

TAI ZI MO ANG ZHU QIN XIAO TUO LONG

唐僧于黑水河被小鼍龙所擒，西海龙王太子摩昂助悟空将其擒获。

"西海老龙王太子摩昂来也。"那怪正坐，忽闻摩昂来，心中疑惑道："我差黑鱼精投简帖拜请二舅爷，这早晚不见回话，怎么舅爷不来，却是表兄来耶？"原

关键词索引：太子摩昂

敖摩昂，为西海龙王敖闰的太子之一，是小白龙的兄长，《西游记》中称他的武艺"赛金刚"。

神兵法宝

三棱金锏

带有锋锐，
能劈能刺，
攻防合一。

延伸阅读

《西游记》中西海龙王与北海龙王的名字多次互换，而其中涉及摩昂太子时，对应的西海龙王都是敖顺。

太子摩昂

TAI ZI MO ANG

丁

倒马毒灌拈花指

DAO MA DU GUAN NIAN HUA ZHI

蝎子精听佛讲经，如来佛祖推其一把，她用毒钩反刺其左手指，为避祸她逃至毒敌山琵琶洞。

菩萨道："这妖精十分利害，他那三股叉是生成的两只钳脚。扎人痛者，是尾上一个钩子，唤作'倒马毒'。本身是个蝎子精……"^原

关键词索引：蝎子精

蝎子精在《西游记》中是以美貌出名的女妖，被吴承恩称为色邪。她修行多年，武艺高强，善使一柄三股钢叉，鼻中喷火，口中吐烟，尾巴有一个钩子，唤作'倒马毒'，法力深厚，即使强如佛祖，也不能抵挡。

倒马毒：顾名思义，其毒性强烈，能毒翻一匹马。

蝎子精
XIE ZI JING

神兵法宝
三股钢叉

由蝎子精的前足幻化而成，与其一体，挥舞起来得心应手。

蝎子精又称作琵琶精，除因她的洞府名为琵琶洞外，更重要的原因是蝎子的形体类似乐器琵琶。

延伸阅读

戊

031

贞观十九年

丁 丙 乙 甲

鏖战独角兕 观音竹篮收金鱼 龙虫盗国宝 车迟国斗法

车迟国斗法 CHE CHI GUO DOU FA

车迟国重道贬佛，国王昏庸不识妖魔，师徒四人与虎鹿羊三妖斗法，大获全胜。

"我大师父，号做虎力大仙；二师父，鹿力大仙；三师父，羊力大仙。"^原

关键词索引：虎力·鹿力·羊力

鹿力大仙 LU LI DA XIAN

有抟砂炼汞，打坐存神，点水为油，点石成金之能。

羊力大仙 YANG LI DA XIAN

身具大开剥之术，炼化了一条冷龙，火油高温奈他不得。

虎力大仙 HU LI DA XIAN

三妖之首。于小茅山中习得五雷正法，精通呼风唤雨之术。

甲

龙虫盗国宝 LONG CHONG DAO GUO BAO

九头虫携万圣龙王盗走祭赛国国宝，天降血雨，祭赛国王不明真相，将守塔僧人全部关押。同年，万圣龙女入瑶池盗走王母的灵芝草。

真个是神州都会，天府瑶京。万里邦畿固，千年帝业隆。蛮夷拱服君恩远，海岳朝元圣会盈……此城名唤祭赛国，乃西邦大去处。原

关键词索引：祭赛国

因宝珠缘故，祭赛国的金光寺内的宝塔夜放霞光，万里能见；昼喷彩气，四国无不同瞻。周边各国均因此宝而视祭赛国为天府神京。南月陀国、北高昌国、东西梁国、西本钵国年年进贡美玉明珠、娇妃骏马。但因国宝被盗，其他国家便停止向祭赛国朝贡，国势开始衰落。

祭赛：祭祀酬神。

延伸阅读

祭赛国原型

根据《西游记》中的描述，祭赛国位于高昌国的南面。而高昌国在历史上是真实存在的，与其南面相接的国家便是焉耆国。《大唐西域记》中记载："阿耆尼国……伽蓝十余所，僧徒二千余人，习学小乘教说一切有部。经教律仪，既遵印度，诸习学者，即其文而玩之。戒行律仪，洁清勤励。然食杂三净，滞于渐教矣。"

乙

观音竹篮收金鱼
GUAN YIN ZHU LAN SHOU JIN YU

元会县陈家庄悲痛献子，悟空、八戒变化救人，通天河观音菩萨用竹篮收灵感大王，河中老鼋托僧问寿。

行者回头，看见那供桌上香花蜡烛，正面一个金字牌位，上写"灵感大王之神"，更无别的神像。原

关键词索引：灵感大王

灵感大王本是观音菩萨在莲花池里养大的金鱼，每日浮头听经，修成手段。下界后因"感应一方兴庙宇，威灵千里祐黎民。年年庄上施甘露，岁岁村中落庆云"得了灵感大王之称。但他的庇佑却要用童男童女的性命来换，实属妖魔一类。

延伸阅读

鱼篮观音
鱼篮观音是三十三观音相之一，其为脚踏鳌背，手提盛鱼的竹篮的民间少妇形象。因她是马郎之妇，故别名唤作"马郎妇观音"。

灵感大王
LING GAN DA WANG

神兵法宝

九瓣赤铜锤
由一枝未开的菡萏所炼化。

丙

鏖战独角兕 AO ZHAN DU JIAO SI

独角兕大王依仗金钢琢大败满天诸神，水火不能侵。孙悟空无策，如来佛祖指明路，太上老君出手相助将其降服。

那孙大圣见他两个交战，即转身跳上高峰，对火德星君道："三怨用心者！"你看那个妖魔与天王正斗到好处，却又取出圈子来。天王看见，即拨祥光，败阵而走。⑩

关键词索引：火德星君

火德星君

HUO DE XING JUN

火德星君，在《西游记》中为火部正神之一，手下有众多火神。现实中，火德星君即火神，为中国民间信仰之一。古代中国先民认为南方之神主火。经历代演变，人们逐渐将火神作为灶神奉祀。

文献记载

《神诞谱》记载："火德星君，为炎帝神农氏之灵，祀之为火神，以禳火灾。"

也有说火神为女性，《慎行纪程》记载："元州火神不祀祝融而祀凌霄女，一不虔，则女神立遗火鸦衔火丸置茅屋之上，两翅扇风发火，故多火灾。"

丁

延伸阅读

中国古代已有星辰的习俗。"荧惑"为火的别名。故祭火星即祭"荧惑"。

众神报道："齐天大圣孙悟空来了。"水德星君闻言，即将查点四海五湖、八河四渎、三江九派并各处龙王俱遣退，整冠束带，接出宫门。原

渎：*泛指河川。长江、黄河、淮河、济水合称为四渎。*

关键词索引：水德星君

水德星君又称水神，《太上洞真五星秘授经》对水德星君的权柄作了如下描述："北方水德真君，通利万物，含真娠灵，如世人运气逢遇，多有种劫掠之苦。宜弘善以迎之。"在我国的神话系统中，水神是传承最广影响最大的神祇之一。

延伸阅读

在《西游记》中，孙悟空请求水德星君相助，他并未亲自出手，而是派出了自己的下属黄河水伯。黄河水伯，又称黄河水伯神王，他手中的法宝"白玉盂"可将黄河之水尽纳其中。

贞观二十一年

甲 牛魔家事

乙 孔雀伤鸳鸯散

牛魔家事 NIU MO JIA SHI

牛魔王与富豪之女玉面狐狸相好，抛妻入赘摩云洞。其弟如意真仙来到西梁女国，霸占落胎泉。

大力王乃罗刹女丈夫。他这向撇了罗刹，现在积雷山摩云洞。有个万岁狐王，那狐王死了，遗下一个女儿，叫做玉面公主。那公主有百万家私，无人掌管。二年前，访着牛魔王神通广大，情愿倒陪家私，招赘为夫。原

关键词索引：玉面公主

玉面公主的才情与容貌在《西游记》中都是一绝的，原文描写："忽见松阴下有一女子，手折了一枝香兰，袅袅娜娜而来。大圣闪在怪石之旁，定睛观看，那女子怎生模样：娇娇倾国色，缓缓步移莲。貌若王嫱，颜如楚女。如花解语，似玉生香。高髻堆青鬘碧鸦，双睛蘸绿横秋水。湘裙半露弓鞋小，翠袖微舒粉腕长。说什么暮雨朝云，真个是朱唇皓齿。锦江滑腻蛾眉秀，赛过文君与薛涛"。

注：玉面常用来指代美好的容貌。
唐·李白《浣纱石上女》诗："玉面耶溪女，青蛾红粉妆。"

玉面公主

YU MIAN GONG ZHU

甲

再谈招赘

在《西游记》中，招赘这个概念出现过多次，这如实反映了明朝时期人们的生活常态。过去，如果家中没有男丁，则女儿出嫁后，父母便面临无人赡养的境况，老人一旦去世，这一家等于断绝了香火，只好招赘女婿上门，支撑门户，继承祖业。

"……向年来了一个道人，称名如意真仙，把那破儿洞改作聚仙庵，护住落胎泉水，不肯善赐与人；但欲求水者，须要花红表礼，羊酒果盘，志诚奉献，只拜求得他一碗儿水哩。"原

关键词索引：如意真仙

如意真仙

RU YI ZHEN XIAN

如意真仙乃牛魔王之弟，红孩儿之叔，以道人模样示人，武艺高强，本性霸道贪财。根据《西游记》中出现的种种线索不难发现，牛魔王身处一个大家族中，这与那些占山为王、单打独斗的妖王有本质上的区别。

神兵法宝

如意金钩子

强如蝎毒，专为使用阴险毒辣的招数而打造。

子母河：无论男女，饮其河水，立即便会怀孕。

照胎泉：怀孕之人照之，即可知所怀男女。

落胎泉：泉水有堕胎之效。

孔雀伤鸳鸯散

KONG QUE SHANG YUAN YANG SAN

朱紫国王误射孔雀明王幼雀，罹拆凤之灾。同年观音菩萨坐骑金毛吼下界为妖，号"赛太岁"，掠走金圣宫娘娘，朱紫国王大病不起。紫阳真人赐金圣宫娘娘护身霞帔，使其保住清白。

他率领人马，纵放鹰犬，正来到落凤坡前，有西方佛母孔雀大明王菩萨所生二子，乃雌雄两个雀雏……原

关键词索引：孔雀明王

孔雀明王，汉译有摩诃摩瑜利罗阇、佛母大孔雀明王等。此尊相传为毗卢遮那佛或释迦牟尼佛的等流身。密号为佛母金刚、护世金刚。在密教修法中，以孔雀明王为本尊而修者，称为孔雀明王经法，又称孔雀经法，为密教四大法之一。

延伸阅读

古印度时期非常盛行孔雀明王的修持文化。同时，以孔雀明王为本尊的修法，是日本真言宗的四大法之一。日本现存最古老的孔雀明王像，为东京国立博物馆所藏平安后期的画像。

贞观二十二年

己 戊 丁 丙 乙 甲

女儿国陷情劫，昴日星官降毒蝎

师徒生二心，真假美猴王

三借芭蕉扇，罗汉束牛魔

祭赛国除妖

白鹿祸乱比丘国

妖风席卷狮驼岭

女儿国陷情劫，昂日星官降毒蝎

NV ER GUO XIAN QING JIE，MAO RI XING GUAN XIANG DU XIE

师徒于子母河饮水，身怀妖胎。唐僧在女儿国陷情劫，美女蛇蝎轮番登场。昂日长鸣，妖邪退散。

话说三藏师徒别了村舍人家，依路西进，不上三四十里，早到西梁国界。唐僧在马上指道："悟空，前面城池相近，市井上人语喧哗，想是西梁女国……" 原

关键词索引：西梁女国

在《西游记》中该国臣民皆为女儿身，没有男人，她们靠饮用"子母河"之水延续后代。

这个听上去只应该出现在小说中的国家，在历史上却是有其原型存在的。

唐代玄奘所著的《大唐西域记》中的第四卷中便记录了一个位于大雪山中的东女国，书中说该国"世以女为王，因以女称国。夫亦为王，不知政事"。

《山海经》中记载了最早的女子国，《山海经·海外西经》记载："女子国在巫咸北，两女子居，水周之。"

八戒道："那厮原是个大母蝎子。幸得观音菩萨指示，大哥去天宫里请得那昴日星官下降，把那厮收伏。才被老猪筑做个泥了，方敢深入于此，得见师父之面。"原

关键词索引：昴日星官

昴日星官是二十八星宿之一，本相是一只雄赳赳的大公鸡，居于上天的光明宫之中，神职是"司晨啼晓"，母亲是毗蓝婆菩萨。

延伸阅读

"昴星团"因在冬夜出现，所以民间称其为"冬瓜子星"。在通常情况下，人们能看到该星团中存在着七颗星，因此又叫它"七姊妹"。实际上，昴星团里至少有两百八十颗星。

昴日星官

MAO RI XING GUAN

甲

师徒生二心，真假美猴王

SHI TU SHENG ER XIN , ZHENG JIA MEI HOU WANG

孙悟空打杀强盗，再遭唐僧驱逐。六耳猕猴生，欲上西天求真经。真假猴王大闹三界，如来佛祖掷钵事方平。

正说处，只听得地藏王菩萨道："且住！且住！等我着谛听与你听个真假。"原来那谛听是地藏菩萨经案下伏的一个兽名。⓪

关键词索引：地藏王菩萨

地藏王菩萨

DI ZANG WANG PU SA

地藏王菩萨为汉传佛教的四大菩萨之一，道场位于安徽九华山《地藏十轮经》中称其"安忍不动如大地，静虑深密如秘藏"。

佛教典故中记载，地藏王菩萨曾几度将在地狱受苦的母亲救出，并发下要救度一切罪苦众生的宏愿，所以这位菩萨被认为具有"大孝"和"大愿"的德业，也因此被尊称为"大愿地藏王菩萨"。

延伸阅读

谛听可以通过听来辨认世间万物，尤善听人心。因其长相奇特，又被称为"九不像"，其原形为一条白犬。

大众不知，以为走了。如来笑云："大众休言。妖精未走，见在我这钵盂之下。"大众一发上前，把钵盂揭起，果然见了本像，是一个六耳猕猴。原

关键词索引：六耳猕猴

六耳猕猴为"混世四猴"之一，师承不明，但一身神通竟与孙悟空一般无二。满天神佛、幽冥众仙尽皆分辨不出他与孙悟空的真假，只有谛听和如来佛祖能辨别其真身。

"六耳"一词在佛教典故中是指除对话双方外的第三者。

六耳猕猴的六耳象征其善聆音、能察理、知前后、万物皆明的能力。

六耳猕猴

LIU ER MI HOU

延伸阅读

由于原作中六耳猕猴最后出场的一回名为《二心搅乱大乾坤，一体难修真寂灭》，加上原文的诗歌描写"人有二心生祸灾"，以及如来佛祖说的"汝等俱是一心，且看二心竞斗而来也"，因此有观点认为六耳猕猴与孙悟空乃是一体的，六耳猕猴是孙悟空的二心所化的。

乙

三借芭蕉扇，罗汉束牛魔

SAN JIE BA JIAO SHAN，LUO HAN SHU NIU MO

孙悟空三借芭蕉扇灭火不成，大战牛魔王夫妻，天兵天将前来助阵，牛魔王被降服，献出芭蕉扇，火焰山八百里烈火终灭。

祭赛国除妖 JI SAI GUO CHU YAO

唐僧于祭赛国扫塔辩冤，二郎神助孙悟空恶战九头虫，夺回祭赛国的国宝。

九头驸马施威武，披挂前来展素强。怒发齐天孙大圣，金箍棒起十分刚。那怪物，九个头颅十八眼，前前后后放毫光；这行者，一双铁臂千斤力，蔼蔼纷纷并瑞祥。原

关键词索引：九头驸马

九头驸马即九头虫，本相是一只九头鸟，其原型是神话传说中的九头滴血虫，又名鬼车、姑获鸟。被二郎神座下白犬咬掉一颗头颅后，逃往北海。

神兵法宝
月牙铲

重达千斤，挥之银光四射，宛如凌空弯月。

九头驸马
JIU TOU FU MA

延伸阅读

《天中记》明·陈耀文
鬼车，晦暝则飞鸣，能入人家，收人魂气，一名鬼鸟。此鸟昔有十首，一首为犬所噬，犹言其畏狗也，亦名九头鸟。

白鹿祸乱比丘国
BAI LU HUO LUAN BI QIU GUO

南极仙翁坐骑白鹿下凡于比丘国为妖，携狐狸精入宫廷，妖言惑圣，遍捕孩童，欲取其心肝为药引。

那老军闻言，却才正了心，打个呵欠，爬起来，伸伸腰道："长老，长老，恕小人之罪。此处地方，原唤比丘国，今改作小子城。"原

关键词索引：比丘国

比丘国乃西天路上一个小国，虽民风淳朴，但国王昏庸，为求长寿，听信妖言，竟要以孩童心肝为药引，弄得国内民不聊生、怨声载道。

比丘，又作比呼。满二十岁，受了具足戒的出家男子被称作比丘。相对应的，女子被称为比丘尼。

妖风席卷狮驼岭

YAO FENG XI JUAN SHI TUO LING

文殊菩萨坐骑青狮与普贤菩萨坐骑白象一同下凡为妖，携手称霸狮驼岭，与大鹏结拜为兄弟。

贞观二十三年

甲　木仙庵诗会

乙　狮奴贪杯九灵遁

木仙庵诗会 MU XIAN AN SHI HUI

师徒四人行至荆棘岭中，唐僧被妖风掠至木仙庵，与十八公、孤直公、凌空子、拂云叟、杏仙、鬼使六妖吟诗作对，正怡然自得，八戒赶来，用钉钯将众妖打杀。

直公道："此诗起句豪雄，联句有力，但结句自谦太过矣，堪羡！堪羡！老拙也和一首……凌空子笑而言曰："好诗！好诗！真个是月胁天心，老拙何能为和？但不可空过，也须扯谈几句。"原

关键词索引：唱酬

唱酬即以诗词互相唱和、互相酬答。在我国古代，斗诗、唱酬等类似的文人集会非常盛行。我国春秋时期"当筵歌诗""投壶赋诗"等游戏便开始流行，这是最原始的一种斗诗方式。

《春秋左传·昭公十二年》中记载，晋昭公和齐景公举行宴会，其间以投壶赋诗为乐，晋昭公先投，穆子说："有酒像淮流，有肉像高丘。寡君投中壶，统帅诸侯。"投中了。齐景公举起矢，说："有酒如渑水，有肉像山陵。寡人投中壶，代君兴盛……

至魏晋时期，"金谷酒数""曲水流觞"开始流行，著名的兰亭集会就发生在这个时期。斗诗会至唐代臻至鼎盛。

延伸阅读

《兰亭集序》（节选）

永和九年，岁在癸丑，暮春之初，会于会稽山阴之兰亭，修禊事也。群贤毕至，少长咸集。此地有崇山峻岭，茂林修竹，又有清流激湍，映带左右，引以为流觞曲水，列坐其次。虽无丝竹管弦之盛，一觞一咏，亦足以畅叙幽情。

狮奴贪杯九灵殿

SHI NU TAN BEI JIU LING DUN

太乙救苦天尊座下狮奴偷喝轮回琼液一醉不起，九头狮子下凡为妖，号"九灵元圣"，引万狮来朝，雄踞一方。

天尊道："那酒是太上老君送的，唤作'轮回琼液'，你吃了该醉三日不醒。那狮兽今走几日了？"大圣道："据土地说，他前年下降，到今二三年矣。"原

关键词索引：太乙救苦天尊

太乙救苦天尊又称寻声救苦天尊、青玄九阳上帝。他与南极长生大帝同为玉皇大帝的左右侍者。在《西游记》中，他居住于东极妙岩宫中。

太乙救苦天尊以救苦救难、大慈大悲的形象行走于尘世之间，负责接引行善积德之人飞升为仙，在道教信徒心中有深厚的信仰基础。

九灵元圣具
体介绍请
见 075 页

延伸阅读

太乙救苦天尊最著名的化身为"十方救苦天尊"。十方救苦天尊分别是：东方玉宝皇上天尊、南方玄真万福天尊、西方太妙至极天尊、北方玄上玉宸天尊、东南方好生度命天尊、东北方度仙上圣天尊、西南方太灵虚皇天尊、西北方无量太华天尊、上方玉虚明皇天尊、下方真皇洞神天尊。同时，他也是民间神话传说当中太乙真人的原型。

乙

贞观二十四年

甲　人间无西天，黄眉化雷音

乙　驼罗庄除妖

丙　朱紫国悟空成神医，佛手解相思

丁　灭法国血腥宏愿

人间无西天，黄眉化雷音

REN JIAN WU XI TIAN , HUANG MEI HUA LEI YIN

弥勒佛祖座下敲磬童子偷走金铙、人种袋，于下界私设小雷音寺，号"黄眉老佛"。同年，小雷音寺中师徒遇难，八方神兵鏖战黄眉，弥勒佛祖出手相助，将其擒拿。

那妖王道："……此处唤作小西天。因我修行，得了正果，天赐与我的宝阁珍楼。我名乃是黄眉老佛。这里人不知，但称我为黄眉大王、黄眉爷爷。"原

关键词索引：黄眉老佛

黄眉老佛以前虽然只是个敲磬童子，但靠从弥勒佛祖身旁盗来的几件法宝，竟成了唐僧师徒取经路上极大的阻碍。饶是孙悟空智勇无双，五次与其交手，也没有一次从他手中讨到便宜。

神兵法宝

狼牙棒：由敲磬的槌儿所化，佛家神兵，有随心变化之效。

人种袋：弥勒佛祖成道前使用的法宝，内藏乾坤，可收人纳物。

金铙：又称铙、金拔、金拔罩，形似草帽，有困人之效。

黄眉老佛 HUANG MEI LAO FO

金铙

妖王听说，微微冷笑道："……却怎么听信孙行者诳谬之言，千山万水，来此纳命！看你可长生可不老也！"小张闻言，心中大怒，缠枪当面便刺，四大将一拥齐攻，孙大圣使铁棒上前又打。好妖精，公然不惧，轮着他那短软狼牙棒，左遮右架，直挺横冲。原

关键词索引：小张太子

小张太子师承南赡部洲的大圣国师王菩萨，他容颜俊朗，武艺高强，曾随大圣国师王菩萨及四大神将降伏水母娘娘。

延伸阅读

祖居西土流沙国，我父原为沙国王。
自幼一身多疾苦，命干华盖恶星妨。
因师远慕长生诀，有分相逢舍药方。
半粒丹砂祛病退，愿从修行不为王。
学成不老同天寿，容颜永似少年郎。
也曾赶赴龙华会，也曾腾云到佛堂。
捉雾拿风收水怪，擒龙伏虎镇山场。
抚民高立浮屠塔，静海深明舍利光。
楮白枪尖能缚怪，淡缁衣袖把妖降。
如今静乐蜈城内，大地扬名说小张！

小张太子
XIAO ZHANG TAI ZI

神兵法宝

少见的神兵利器，曾助小张太子收服水怪，能擒龙缚虎。

楮白枪

甲

佛祖道："他是我面前司磬的一个黄眉童儿。三月三日，我因赴元始会去，留他在宫看守，他把我这几件宝贝拐来，假佛成精。"⑧

关键词索引：弥勒佛祖

弥勒佛祖又称东来佛祖，是中国大乘佛教八大菩萨之一，大乘佛教经典中常称其为阿逸多菩萨摩诃萨。他是未来佛，是如来佛祖的继承者，娑婆世界的下一尊佛，被尊称为当来下生弥勒尊佛。其思想体系备受玄奘、支谦、道安等高僧的推崇。

弥勒佛祖的信仰在很早之前就开始在我国流行，公元 380 年就已出现了绘制的弥勒佛祖像，现存于甘肃炳灵寺石窟当中。当今，最大的弥勒佛祖木雕像在北京雍和宫万福阁。该佛像由一根完整的白檀香木雕成，高十八米，埋入地下部分八米，总长二十六米。

汉传佛教认为弥勒写作了五部主要的论书，称为"慈氏五论"，分别为《瑜伽师地论》《分别瑜伽论》《大乘庄严经论》《辨中边论》和《金刚般若经论》。

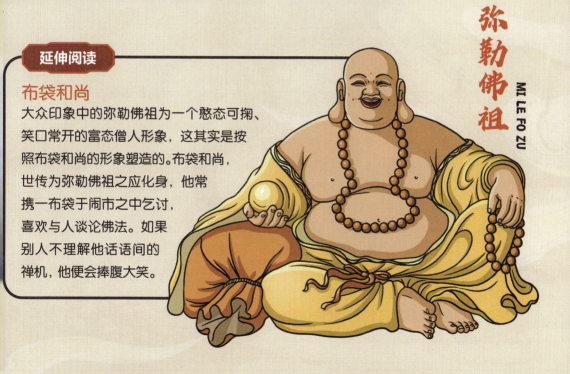

延伸阅读

布袋和尚

大众印象中的弥勒佛祖为一个憨态可掬、笑口常开的富态僧人形象，这其实是按照布袋和尚的形象塑造的。布袋和尚，世传为弥勒佛祖之应化身，他常携一布袋于闹市之中乞讨，喜欢与人谈论佛法。如果别人不理解他话语间的禅机，他便会捧腹大笑。

弥勒佛祖 MI LE FO ZU

驼罗庄除妖 TUO LUO ZHUANG CHU YAO

七绝山驼罗庄内蟒精作怪，祸害生灵，八戒、悟空用计将其铲除。西天去路被烂柿堵死，八戒显威，大辟通道。

行者侮着鼻子，只叫："快快赶妖精！快快赶妖精！"那怪物撺过山去，现了本像，乃是一条红鳞大蟒。原

红鳞大蟒

HONG LIN DA MANG

关键词索引：红鳞大蟒

此妖魔盘踞于七绝山稀柿衖中，专以食人畜为生，祸害驼罗庄百姓数年。其本相乃一条全身赤鳞的巨大蟒蛇，双眼圆睁开来，如灯笼一般大，平日来去，习惯将身躯散成一团妖风。最后死于悟空棒下。

延伸阅读

七绝山

七绝山之名的由来跟漫山遍野的柿果有关，古云："柿树有七绝：一，益寿；二，多阴；三，无鸟巢；四，无虫；五，霜叶可玩；六，嘉实；七，枝叶肥大。"故名七绝山。

朱紫国悟空成神医，佛手解相思

ZHU ZI GUO WU KONG CHENG SHENG YI , FO SHOU JIE XIANG SI

朱紫国中悟空妙手回春，治好国王顽疾，又施妙计，盗走赛太岁护身法宝，将其降服。朱紫国王夫妻阔别三年，终得团聚。

行者道："国王之后，都称为正宫、东宫、西宫。"
国王道："寡人不是这等称呼：将正宫称为金圣宫，东宫称为玉圣宫，西宫称为银圣宫。现今只有银、玉二后在宫。"原

关键词索引：金圣宫娘娘

金圣宫娘娘

JIN SHENG GONG NIANG NIANG

她为朱紫国的正宫娘娘，与朱紫国王恩爱有加，她被赛太岁掳走后，朱紫国王思念成疾，病入膏肓之际，幸得悟空悬丝诊脉、配得灵药，才保住了性命。

延伸阅读

正宫指皇后的居所，同时也用来代指皇后。游

丙

国王道："三年前，正值端阳之节，朕与嫔后都在御花园海榴亭下解粽插艾，饮菖蒲雄黄酒，看斗龙舟。忽然一阵风至，半空中现出一个妖精，自称赛太岁……"[原]

关键词索引：赛太岁

其本是观音菩萨的坐骑"金毛犼"，因恰巧听到孔雀明王教国王"拆凤三年，身耽啾疾"一语，便偷走了观音菩萨的法宝"紫金铃"，将金圣宫娘娘掳去，与国王消灾。

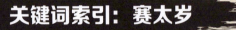

神兵法宝

紫金铃

其由太上老君在八卦炉锻炼而成，甚是厉害。晃一晃，出火。晃两晃，生烟。晃三晃，飞沙走石。

赛太岁 SAI TAI SUI

延伸阅读

太岁神

道教经典《神枢经》中言："太岁；人君之象，率领诸神，统正方位，翰运时序，总成岁功。"太岁是道教信仰中太岁神的简称，乃道教值年神灵之一，掌管人间一年的吉凶祸福，当年轮值的太岁神叫值年太岁，又称留念太岁。

丙

灭法国血腥宏愿

MIE FA GUO XUE XING HONG YUAN

灭法国国王忽梦前世死于僧人之手，醒后立下宏愿，要杀足两万名僧人。

那老母用手朝西指道："那里去，有五六里远近，乃是灭法国。那国王前生那世里结下冤仇，今世里无端造罪。二年前许下一个罗天大愿，要杀一万个和尚……"^原

关键词索引：灭法

灭法即灭佛，《西游记》中看似惨无人道的灭法国惨案，其实在我国历史上是有真实原型的，并且不止一次，这就是著名的"三武灭佛"，如果再加上五代后周世宗时的灭佛，则合称为"三武一宗灭佛"。三武指的是北魏太武帝、北周武帝、唐朝武宗三帝，他们的谥号或庙号都带有一个武字，故有此称。

四次灭佛，各帝王的动机不一，但目的都是为了维护阶级统治的稳固。宋代宗颐禅师为此做过检讨："天生三武祸吾宗，释子回家塔寺空，应是昔年崇奉日，不能清检守真风。"

贞观二十五年

甲 毗蓝婆针破百眼

乙 狮驼岭佛魔鏖战

丙 比丘国师徒救子

丁 狡兔报旧怨

毗蓝婆针破百眼
PI LAN PO ZHENG PO BAI YAN

唐僧于盘丝洞遇难，悟空得毗蓝婆菩萨相助，铲除百眼魔君、蜘蛛妖女。

女子道："你既会走路，听我说：此处到那里有千里之遥。那厢有一座山，名唤紫云山，山中有个千花洞。洞里有位圣贤，唤作毗蓝婆。他能降得此怪。"原

关键词索引：毗蓝婆

毗蓝婆全称毗蓝婆菩萨，法力无边，大慈大悲，住在紫云山的千花洞，是二十八星宿之中昴日星官的母亲，真身不明。在《西游记》中，孙悟空猜测其真身为母鸡，实则书中并未说明其真身。毗蓝婆菩萨法力深厚，只用一根绣花针就破了百眼魔君的护体妖术。

毗蓝婆
PI LAN PO

延伸阅读

《法华经》中有关于毗蓝婆的记载，说她为十罗刹女之一，文中道："尔时有罗刹女等。一名蓝婆。二名毗蓝婆。三名曲齿。四名华齿。五名黑齿。六名多发。七名无厌足。八名持璎珞。九名皋帝。十名夺一切众生精气。是十罗刹女。"

狮驼岭佛魔鏖战
SHI TUO LING FO MO AO ZHAN

● 狮驼岭悟空三人大战狮、象、鹏。大鹏雕神通广大，雄踞狮驼城，万法不侵，如来佛祖出手，将其降服。

左手下那个生得：凤目金睛，黄牙粗腿。长鼻银毛，看头似尾。圆额皱眉，身躯磊磊。细声如窈窕佳人，玉面似牛头恶鬼。这一个是藏齿修身多年的黄牙老象。原

关键词索引：黄牙老象

其原形为一头六牙白象，原是普贤菩萨的坐骑，狮驼岭三妖中排行老二，与人争斗时，它的长鼻会像是蛟龙一样将人卷住，威力无穷，就算是铁背铜身，也招架不得。

延伸阅读

据《因果经》记载，释迦牟尼从兜率天宫降生于人间时，乘六牙白象……其母梦六牙白象来降腹中，遂生释迦。《异部宗轮论》谓："一切菩萨入母胎时，做白象形。"

黄牙老象 HUANG YA LAO XIANG

神兵法宝
长枪
枪长丈二，刺之如穿林巨蟒。

中间的那个生得：凿牙锯齿，圆头方面。声吼若雷，眼光如电。仰鼻朝天，赤眉飘焰。但行处，百兽心慌；若坐下，群魔胆战。这一个是兽中王，青毛狮子怪。⑩

关键词索引：青毛狮子怪

其原是文殊菩萨的坐骑，法力无穷。他曾在南天门前变化法身，张开城门似的巨口，用力吞将去，唬得众天兵不敢交锋，关了南天门。

延伸阅读

需要注意的是，乌鸡国的狮猁王虽然也是文殊菩萨的坐骑，但与狮驼岭的并非一只。

金翅鲲头，星睛豹眼。振北图南，刚强勇敢。变生翱翔，捐笑龙惨。抟风翮百鸟藏头，舒利爪诸禽丧胆。这个是云程九万的大鹏雕。⑩

关键词索引：大鹏雕

大鹏雕全称大鹏金翅雕，也称大鹏金翅鸟。《西游记》中借如来佛祖之口详细介绍了他的来历。他在三妖中排行老三，绰号云程万里鹏，双翅一震，可飞九万里。

大鹏雕 DA PENG DIAO

神兵法宝

阴阳二气瓶

乃阴阳二气之宝，内有七宝八卦，二十四气。

比丘国师徒救子
BI QIU GUO SHI TU JIU ZI

师徒四人于比丘国中降伏白鹿，打死狐狸精，救千余名孩童逃出生天，举国上下感恩戴德。

那怪打个转身，原来是只白鹿。寿星拿起拐杖道："这孽畜！连我的拐棒也偷来也！"那只鹿俯伏在地，口不能言，只管叩头滴泪。⑩

关键词索引：白鹿精

其本是寿星的坐骑，下凡为妖后，与情人白面狐狸精假扮父女，欺瞒比丘国王，欲采孩童心肝为药引炼制丹药。在其即将殒命于悟空的棒下时被寿星救走。

白鹿精
BAI LU JING

神兵法宝
蟠龙杖
寿星的拐杖，挥舞起来倒也有几分威力。

延伸阅读

古人认为白鹿代表祥瑞。
《国语·周语上》："得四白狼、四白鹿以归。"
《史记·孝武本纪》："其后，天子苑有白鹿，以其皮为币，以发瑞应，造白金焉。"
《汉书·郊祀志》："已祠，胙馀皆燎之，其牛色白，白鹿居其中。"
《宋书·符瑞志》："白鹿，王者明惠及下则至。"

狡兔报旧怨 JIAO TU BAO JIU YUAN

太阴星君座下玉兔下凡，入天竺国为妖，摄藏了素娥仙子转世而成的天竺国公主，自己取而代之。

贞观二十六年

甲 白鼠巧施遗鞋计

乙 灭法变钦法

丙 南山大王授首

丁 凤仙郡求雨，枯死人还魂

戊 玉华州九灵吞天

白鼠巧施遗鞋计

BAI SHU QIAO SHI YI XIE JI

喇嘛僧因好色丧命，白骨僧衣垒成山。地涌夫人设计擒唐僧，托塔天王父子下界将其降服。

正行间，又见山门上有五个大字，乃"镇海禅林寺"。才举步跨入门里，忽见一个和尚走来……三藏原来不认得，这是西方路上喇嘛僧。⑩

关键词索引：喇嘛僧

喇嘛为藏传佛教术语，意为上师、上人，是信徒们对藏传佛教僧侣的尊称。"嘛"在藏语中的意思是对待一切众生犹如母亲呵护自己的孩子一般慈悲，有这样高尚品格的人，被叫作"喇嘛"。

延伸阅读

藏传佛教

藏传佛教又称藏语系佛教，或俗称喇嘛教，是指传入我国西藏的佛教分支。其流传地集中在中国藏族主要聚居地，以及蒙古国、尼泊尔、不丹等国家。

灭法变钦法 MIE FA BIAN QIN FA

灭法国内，一万九千九百九十六名僧人已遭残杀，唐僧师徒扮行商避祸，夜展神通使凶王向善，改国号为"钦法"。

行者道："都要作弟兄称呼……说我们是十弟兄，我四个先来赁店房卖马。那店家必然款待我们。我们受用了，临行时，等我拾块瓦查儿，变块银子谢他，却就走路。"原

关键词索引：银子

《西游记》虽是一部魔幻神话小说，但剧情设计却是立足于实地的，我们能从其中发现很多该时期百姓的生活日常。比如在灭法国一节中，悟空用银子来当作结算住店费的货币。

受很多古装影视剧的影响，我们总会下意识地认为，我国历史上一直是以白银作为主要流通货币的。但事实上，虽然我国汉代就开始使用银子，但一直到明朝中叶，白银才成为本位货币。游

南山大王授首
NAN SHAN DA WANG SHOU SHOU

隐雾山中艾叶花皮豹子精，用分瓣梅花计擒住唐僧，鬼蜮伎俩怎敌火眼金睛，终遭铲除。

八戒上前一钯，把老怪筑死，现出本相，原来是个艾叶花皮豹子精。行者道："花皮会吃老虎，如今又会变人。这顿打死，才绝了后患也！"〔原〕

关键词索引：豹子精

该妖虽武艺不济，但诡计多端，擅使兵法，他先是用分瓣梅花计擒住唐僧，后又使用假唐僧人头欺骗悟空与八戒，企图让他们断了营救唐僧的心思。但聪明反被聪明误，最终死在了八戒的钉钯之下。

神兵法宝
铁杵

精铁打造，轻轻挥舞便能卷动风沙。

豹子精
BAO ZI JING

延伸阅读

艾叶豹
艾叶豹因皮上花纹形似艾叶而得名，学名云豹，为哺乳纲的猫科动物，分布于亚洲的东南部，数量稀少，为我国国家一级保护动物。

凤仙郡求雨，枯死人还魂

FENG XIAN JUN QIU YU, KU SI REN HUAN HUN

凤仙郡三年无雨，田地龟裂，饿殍遍野，唐僧于心不忍，命悟空招龙王，施法布雨，消除灾情。郡侯建甘霖普济寺永载恩德。

那官人却才施礼道："此处乃天竺外郡，地名凤仙郡。连年干旱，郡侯差我等在此出榜，招求法师祈雨救民也。"原

关键词索引：凤仙郡侯

三年前，凤仙郡侯夫妻不和，冒犯了上天，玉皇大帝降罪凤仙郡永失甘霖，除非披香殿中那只拳头大的鸡啄完米山、狗舔完面山、灯焰烧断一尺长的金锁，他才会改变心意。凤仙郡中虽然无妖，但唐僧师徒面临的考验却更为艰巨。为了给凤仙郡求到雨水，孙悟空先是厉声呵斥凤仙郡侯，为玉皇大帝争来几分脸面，随后多次从中周旋，几经波折后方才使玉皇大帝同意布雨。我们从中不难看出封建社会时期底层百姓受到的层层压迫。

凤仙郡侯 **FENG XIAN JUN HOU**

延伸阅读

本故事中详细讲述了在西游世界中一场甘霖是如何普降的，其间需要多个部门进行配合：着风部、云部、雨部……四大天师奉旨，传与各部随时下界，各逞神威。

丁

玉华州太子拜唐僧的三徒为师，取三人神兵仿造却遭黄狮精所盗，悟空三人施计夺回，大战妖邪。九灵元圣擒拿唐僧，悟空请来太乙救苦天尊，将其收服。

玉华州九灵吞天

YU HUA ZHOU JIU LING TUN TIAN

行者听言甚喜。那土地战兢兢叩头道："那老妖前年下降竹节山。那九曲盘桓洞原是六狮之窝，那六个狮子，自得老妖至此，就都拜为祖翁。祖翁乃是个九头狮子，号为九灵元圣……"原

九灵元圣

JIU LIN YUAN SHENG

关键词索引：九灵元圣

九灵元圣本是太乙救苦天尊的座骑，与其他妖怪不同，他对唐僧肉不感兴趣，与唐僧师徒为敌，是为了替徒子徒孙出头。在《西游记》原文中，它一直保留着原形，九张狮口擅于捉咬，连孙悟空第一次与他交手都不慎被其叼去。

延伸阅读

玉华州

玉华州并不是一个独立的国家，而是天竺国下属的州县，之所以出现了王子学艺的桥段，盖因县中城主为天竺皇帝宗室，被分封为了玉华王。

贞观二十七年

甲 华灯初上，弹指灭犀

乙 天竺招亲，月下人间

丙 铜台府人心如妖

丁 九九八十一难

戊 九九归真，西天封佛

华灯初上，弹指灭犀
HUA DENG CHU SHANG，TAN ZHI MIE XI

元宵佳节，华灯初上。金平府三犀幻化假佛陀，唐僧礼佛被擒。四木禽星率天兵相助，妖王逃遁西海，于龙宫殒命。

扫毕下来，已此天晚，又都点上灯火。此夜正是十五元宵，众僧道："……今晚正节，进城里看看金灯如何？"唐僧欣然从之。 ㊐

关键词索引：元宵

元宵节是我国的传统节日之一，又称上元节、小正月、元夕或灯节，是农历年中的第一个月圆之夜。自古以来，元宵节就以盛大喜庆的观灯为主要活动。

延伸阅读

《青玉案·元夕》
辛弃疾（宋）

东风夜放花千树，更吹落，星如雨。宝马雕车香满路。凤箫声动，玉壶光转，一夜鱼龙舞。蛾儿雪柳黄金缕，笑语盈盈暗香去。众里寻他千百度，蓦然回首，那人却在，灯火阑珊处。

甲

天竺招亲，月下人间

TIAN ZHU ZHAO QIN , YUE XIA REN JIAN

玉兔精 YU TU JING

天竺国玉兔精欲招唐僧为驸马，被悟空识破，与其激战。玉兔精不敌之际，太阴星君将其收走。真公主得救。

"我敝处乃大天竺国，自太祖太宗传到今，已五百余年。现在位的爷爷，爱山水花卉，号做怡宗皇帝，改元靖宴，今已二十八年了。"原

关键词索引：天竺国

天竺是古代中国和其他东亚国家对当今印度及其他印度次大陆国家的统称。天竺历史上相继出现了四大帝国：孔雀帝国、笈多帝国、德里苏丹国和莫卧儿帝国。

延伸阅读

史书记载

《史记》中首次出现了对天竺的记载，当时称其为身毒。《汉书》记载："从东南身毒国，可数千里，得蜀贾人市。"《后汉书·西域传》记载："天竺国一名身毒。"之后天竺之名一直延续到唐初，直到玄奘取经归来后才正名为印度。

铜台府人心如妖

TONG TAI FU REN XIN RU YAO

铜台府地灵县，寇员外命丧强盗之手，唐僧师徒被诬告为凶手，悟空下地府使其还魂，真相大白后贼首伏诛。

老者道："我敝处是铜台府，府后有一县叫作地灵县。长老若要吃斋，不须募化，过此牌坊……乃是寇员外家，他门前有个'万僧不阻'之牌。似你这远方僧，尽着受用。去！去！去！莫打断我们的话头。"^原

关键词索引：寇员外

寇员外名寇洪，字大宽，为人乐善好施，被人称为寇善人。寇洪六十四岁遭贼人所害，悟空助其还阳后又为其多讨要了十二年的寿数。其妻姓张，小名穿针儿，夫妻膝下有寇梁、寇栋两子。

延伸阅读

在本节中，唐僧师徒因被寇妻诬告而身陷囹圄，并由刺史亲自升堂审理。但古印度的政府系统中并不存在刺史一职。刺史，又称刺使，古代官名，根据《汉官典职仪》记载，刺史的职责为"省察治状，黜陟能否，断治冤狱"。^游

寇员外

KOU YUAN WAI

丙

九九八十一难 JIU JIU BA SHI YI NAN

西天迦叶、阿傩二尊者索贿不成，赐师徒四人无字经书，燃灯古佛出手点破。师徒四人无奈行贿，方得真经。返回大唐途中，师徒于通天河遇险，八十一难终圆。

四众到大雄宝殿殿前，对如来倒身下拜……将通关文牒奉上。如来一一看了，还递与三藏……叫："阿傩、伽叶，你两个引他四众，到珍楼之下，先将斋食待他。斋罢，开了宝阁，将我那三藏经中，三十五部之内，各检几卷与他，教他传流东土，永注洪恩。"^原

关键词索引：迦叶

迦叶，佛陀十大弟子之一，全名大迦叶、摩诃迦叶。生于王舍城近郊的婆罗门家族。于佛成道后第三年成为佛陀弟子，八日后即升入阿罗汉境地，为佛陀弟子中最无执着之念者。迦叶人格清廉，深受佛陀信赖，佛陀入灭后，成为教团之统率者。

迦叶 JIA YE

延伸阅读

拈花一笑

世尊在灵山会上，拈花示众，是时众皆默然，唯迦叶尊者破颜微笑。世尊云："吾有正法眼藏，涅槃妙心，实相无相，微妙法门，不立文字，教外别传，嘱咐摩诃迦叶。"拈花一笑是佛教禅宗中诞生的最早典故，开始用来比喻彻悟禅理，后比喻彼此心意相通。

关键词索引：阿傩

阿傩
A NUO

阿傩，佛陀十大弟子之一。全称阿难陀。意译为欢喜、庆喜、无染。为佛陀堂弟，出家后二十余年间不离佛陀左右，记忆力远超常人，深受佛陀信赖。

趣闻轶事——帮助女信众出家

在佛教兴起的初期，是不允许女性出家的，这一现象因阿傩尊者而改变。

佛陀成道后，光是释迦族中就有王子跋提、阿那律、阿难陀、难陀等皈依佛陀剃度出家，王孙罗睺罗也做了沙弥，佛陀的养母憍昙弥看到这种现象，便请求佛陀允许她在僧团中出家，佛陀直接拒绝了她。

在多次请求无果后，她便召集了五百名释迦族女众，赤足追赶前往毗舍离的佛陀。她们整整徒步了二十多天，当她们到达精舍时，都已精疲力竭，疲倦憔悴。

阿傩看到了她们，询问了她们来此的原因。当得知她们一路的经历后，阿难深受感动，并答应替她们向佛陀求情。

佛陀认为两性在一起修道是非常困难的，因为难免会有心志不坚者会因为七情六欲而背离初心。但阿傩却据理力争，第一次流泪顶撞了佛陀。佛陀见状终于允许了女性出家修行。

延伸阅读

迦毗罗卫城为释迦族所属，因为有考古学的证据，所以确定它的位置在今尼泊尔的西南境，与印度交界之处，罗泊提河的北部。考古学家们根据玄奘的记载，研究得出今尼泊尔南部的提罗拉科特就是迦毗罗卫城。

却说那宝阁上有一尊燃灯古佛，他在阁上，暗暗的听着那传经之事，心中甚明，原是阿傩、伽叶将无字之经传去，却自笑云："东土众僧愚迷，不识无字之经，却不枉费了圣僧这场跋涉？" _原

关键词索引：燃灯古佛

燃灯古佛又名锭光佛、定光佛、锭光如来、定光如来、普光如来。因出生时身边一切光明如灯，故得名燃灯。燃灯古佛为过去庄严劫中所出世的千佛之一，是纵三世佛之一的过去佛，与现在佛释迦牟尼，未来佛弥勒并称。燃灯古佛在过去时为释迦牟尼佛授记，预言他未来将成佛，《金刚经》中记载："善男子，汝于来世，当得作佛，号释迦牟尼。"

随着佛教不断融入我国社会，"燃灯古佛"受到了白莲教的崇信。在白莲教编造的大量经书、宝卷中，随处可以见到与燃灯古佛有关的字眼，例如"古佛""燃灯""真空老祖"等。

我国民间将燃灯古佛无限拔高，并将其供奉于神坛之上，这与燃灯古佛的形象是相悖的。但说他降妖除魔，救众生于苦难之中，倒也从某些角度符合他的入世情怀。

燃灯古佛

RAN DENG GU FO

延伸阅读

佛典记载

《过去现在因果经》卷一记载，"此佛初生之日，四方皆明，日月火珠复不为用。以有此奇特，故名为普光。"

《大智度论》卷九亦云，"燃灯佛生时，一切身边如灯，故名燃灯，成佛后亦名燃灯。"

关键词索引：九九八十一难

金蝉遭贬 ①

② 久胎几杀

满子抛江 ③

④ 夺亲报冤

落坑折从 ⑥

⑤ 双叉岭上

⑦ 公城逢虎

西景山采 ⑧

陡涧换马 ⑨

⑩ 袁被火烧

⑪ 失却袈裟

收降八戒 ⑫

⑬ 黄风怪阻

⑭ 诗求灵吉

⑮ 流沙难渡

收得沙僧 ⑯

四圣显化 ⑰

五庄观中 ⑱

⑲ 难活人参

诗求菩提 ⑳

黑松林失散 ㉑

路阻尖焰山 ㉒

金銮殿变虎 ㉓

宝象国捎书 ㉒

平顶山逢魔 ㉔

莲花洞高悬 ㉕

乌鸡国救主 ㉖

被魔化身 ㉗

号山逢怪 ㉘

风摄圣僧 ㉙

心猿遭害 ㉚

⑪ 请圣降妖

黑河沉没 ㉜

搬运车迟 ㉝

大赌输赢 ㉞

救活乌僧 ㉟

路逢大水 ㊱

身落天河 ㊲

鱼篮现身 ㊳

金山遇怪 ㊳⑨

普天神难伏 ㊶⑪

七情迷没 ㊴⑨

多目遭伤 ㉚

路阻狮驼 ㊶⑪

诚里遇害 ㊷⑫

吃水遭姜 ㊷⑫

西梁国留婚 ㊸⑬

琵琶洞受苦 ㊸⑭

再贬心猿 ㊺

难辨猕猴 ㊺⑤

求取芭蕉扇 ㊸⑧

收得魔王 ㊹

赛城扫塔 ㊿

取金教僧 ㊵①

稀柿衕秽阻 ㊺⑤

诸天神遭困受难 ㊺④

朱紫国行医 ㊵⑥

拯救疲癃 ㊵⑦

降妖取后 ㊵⑧

竹节山遭难 ㊷⑤

玄英洞受苦 ㊷⑥

赶捉犀牛 ㊷⑦

天竺招婚 ㊷⑧

铜台府监禁 ㊷⑨

凌云渡脱胎 ⑧⑩

通天河遇鼋湿经书 ⑧⑪

诗佛根源

争落天河怪令三念 ⑥①

风仙郡求雨 ⑦②

隐雾山遇魔 ⑦①

灭法国难行 ⑦⑩

无底洞遭困六 ⑥⑧

僧房卧病 ⑥⑧

松林救怪 ⑥⑦

诗佛收魔 ⑥④

辨认真邪 ⑥⑥

比丘救子 ⑥⑤

（蛇形排列）

083

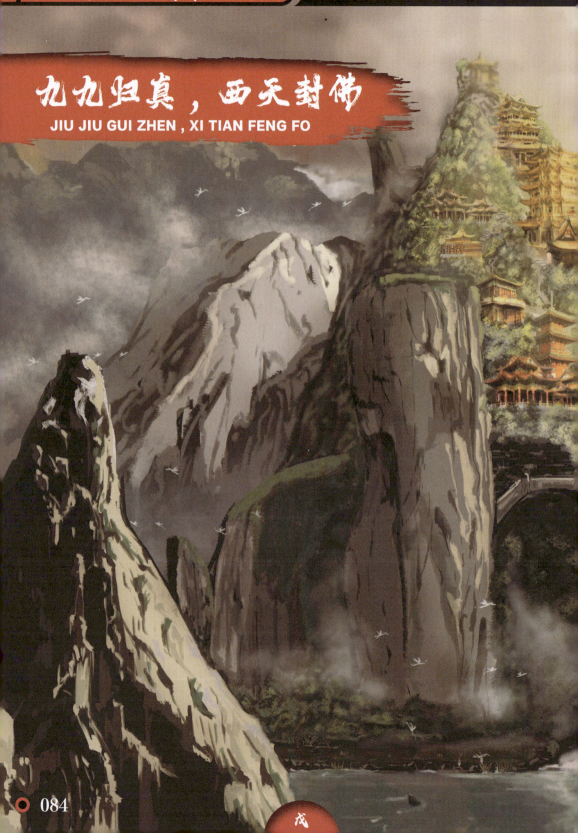

九九归真，西天封佛
JIU JIU GUI ZHEN , XI TIAN FENG FO

长安讲经，普天同庆。西天封佛，修成正果。唐三藏受封旃檀功德佛，孙悟空受封斗战胜佛，猪悟能受封净坛使者，沙悟净受封金身罗汉，小白龙受封八部天龙马。

孕育孙悟空的石头
是女娲补天的五彩石吗？

"当年女娲补天，落下一块石头掉到海上，经天地滋养千万年后蹦出了个孙悟空。"

相信不少人都曾被以上这种说法误导过，并且许多以《西游记》为蓝本而创作的衍生作品都采用了这个设定。但事实上，孙悟空与女娲补天的五彩石没有任何关系。原著中对这一点解释得非常清楚：

那座山正当顶上，有一块仙石。其石有三丈六尺五寸高，有二丈四尺围圆。三丈六尺五寸高，按周天三百六十五度；二丈四尺围圆，按政历二十四气。上有九窍八孔，按九宫八卦。四面更无树木遮阴，左右倒有芝兰相衬。盖自开辟以来，每受天真地秀，日精月华，感之既久，遂有灵通之意。内育仙胞。一日迸裂，产一石卵，似圆球样大。因见风，化作一个石猴。五官俱备，四肢皆全。便就学爬学走，拜了四方。目运两道金光，射冲斗府。

孕育孙悟空的仙石自开天辟地以来便存在，书里说他是"天地育成之体，日月孕就之身""生身父母是天地，日月精华结圣胎。仙石怀抱无岁数，灵根孕育甚奇哉""三阳交泰产群生，仙石胞含日月精。借卵化猴完大道，假他名姓配丹成"。天地之子、修持大道、灵根孕育……这些名头随便挑一个，都比五彩石听起来响亮多了。

孙悟空真的没有
打进南天门吗？

"大闹天宫时，孙悟空压根没有打进南天门！""王灵官只是天庭的小保安！"

曾几何时，这些出自"地摊文学"的言论一直萦绕在我们耳边，令我们不禁怀疑"齐天大圣"这位我们儿时崇拜的英雄真的是不堪一击的吗？

当然不是，先来看第一条谣言，关于孙悟空有没有打进南天门，原文中已经给出了很明确的解释：

①这一番，那猴王不分上下，使铁棒东打西敌，更无一神可挡。只打到通明殿里，灵霄殿外。

②这个是太乙雷声应化尊，那个是齐天大圣猿猴怪。金鞭铁棒两家能，都是神宫仙器械。今日在灵霄宝殿弄威风，各展雄才真可爱。一个欺心要夺斗牛宫，一个竭力匡扶玄圣界。

至于第二条谣言，根据前文我们就可以知道，王灵官乃玉皇大帝的贴身侍卫，是天庭的最后一道防线，并非什么无名之辈。

所以以上两条谣言都是无稽之谈，不攻自破。

关于《西游记》中二郎神的
一些著名谣言，以及辟谣

谣言一：《西游记》中的二郎神名杨戬。

辟谣： 二郎神共有三个姓氏，五个名字，《西游记》中的二郎神为杨二郎，原型为四川地区融合了氐羌元素的神明杨二郎。而杨戬一名出自《封神榜》。

谣言二： 二郎神有七十三变。

辟谣： "威逼玉帝传旨意，灌江小圣把兵扬。相持七十单二变，各弄精神个个强。"这四句诗出自《西游记》，里面明确说明了二郎神只有七十二变。至于七十三变之说，是清末民初时期诞生于民间的说法。

谣言三： 《西游记》中二郎神有三只眼。

辟谣： 原著中从未提过二郎神有第三只眼，在识破孙悟空变化时，也只是讲他睁大了眼睛去看。但其天眼确有来历，刊行于嘉靖三十四年的《二郎宝卷》便对此有所提及，"天眼开，观十方，如同手掌。极乐开，斗牛宫，都在目前。常显化，天宫景，无边妙意。明历历，才看见，景致无边。"

从《西游记》中窥见明朝时期的烟火人间

一、关于生存

在《西游记》第二回中，师兄们听说悟空学会了筋斗云，一个个嘻嘻笑道："悟空造化！若会这个法儿，与人家当铺兵，送文书，递报单，不管哪里都寻了饭吃！"从此

处细节可见，明朝时期的"快递"行业已经相当发达了，并且有不少人以此为生。

二、关于生活

《西游记》第六十八回，师徒四人下榻驿馆，自己做饭，管事的给他们送来了一盘白米、一盘白面、两把青菜、四块豆腐、两个面筋、一盘干笋、一盘木耳。由此可见，明朝百姓餐桌上能选择的食材已经非常丰盛了。

▶那些年被影视剧带入的误区

一、在《西游记》女儿国一节中，唐僧与女儿国王之间并没有上演缠绵悱恻的感情戏。

二、在取经团队中，挑担的一直是八戒。

三、九头虫并没有抢走小白龙的未婚妻。

四、玉华洲与灭法国是两个地方。

五、狮驼城中并没有孔雀公主。

六、白骨精变化人形靠的是自身法力，并没有打死一家三口并附身的情节。

七、在扳倒人参果树后，孙悟空并没有回到斜月三星洞寻找菩提祖师。

八、大闹天宫时玉皇大帝虽然惊骇，但并未钻到桌子底下。

合理的改编是为了使原有剧情更丰满，删减是为了更符合影视剧的播出节奏，两者不分高低，各有千秋。

佛门人物汇总

- 燃灯古佛
- 如来佛祖
- 弥勒佛祖
- 地藏王菩萨
- 观音菩萨
- 文殊菩萨
- 普贤菩萨
- 灵吉菩萨
- 伽叶
- 阿傩
- 毗蓝婆菩萨
- 金蝉子
- 捧珠龙女
- 十八罗汉
- 斗战胜佛
- 净坛使者
- 八部天龙马

（乱序排列，右图
为部分代表）

道门人物汇总

- 玉皇大帝
- 西王母
- 太上老君
- 东华大帝君
- 太阴星君
- 黎山老母
- 菩提祖师
- 镇元大仙
- 巨灵神
- 福禄寿三星
- 千里眼
- 顺风耳
- 嫦娥
- 哪吒
- 东海龙王敖广
- 南海龙王敖钦
- 北海龙王敖顺
- 西海龙王敖闰
- 泾河龙王
- 元始天尊
- 灵宝天尊
- 托塔天王
- 四大天王

（乱序排列，右图
为部分代表）

游弈灵官
霓裳仙子
昂日星官
火德星君
水德星君
赤脚大仙
七仙女
显圣二郎真君
王灵官
翊圣真君
崔判官
秦广王
楚江王
宋帝王
五官王
阎罗王
平等王
泰山王
都市王
卞城王
转轮王

妖魔精怪汇总

- 混世魔王
- 寅将军
- 熊山君
- 特处士
- 黑熊怪
- 黄风怪
- 白骨精
- 黄袍怪
- 金角大王
- 银角大王
- 压龙大仙
- 狮猁怪
- 红孩儿
- 鼍龙怪

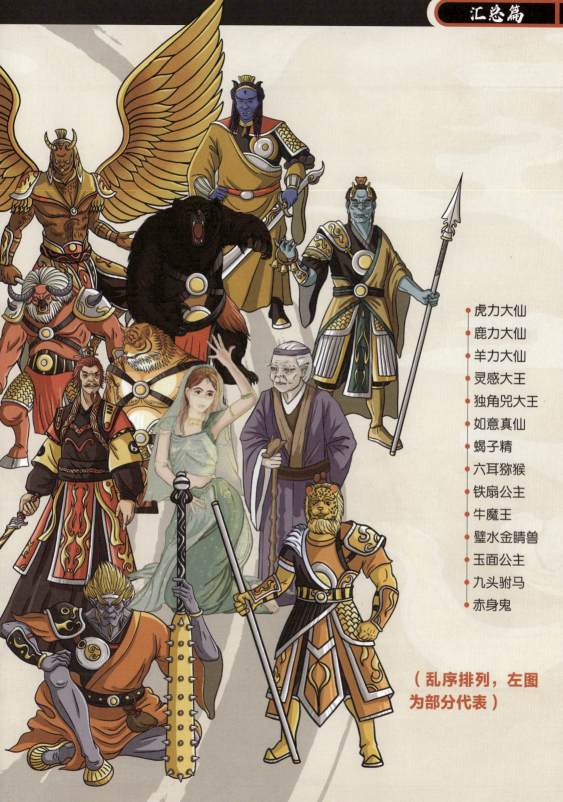

- 虎力大仙
- 鹿力大仙
- 羊力大仙
- 灵感大王
- 独角兕大王
- 如意真仙
- 蝎子精
- 六耳猕猴
- 铁扇公主
- 牛魔王
- 璧水金睛兽
- 玉面公主
- 九头驸马
- 赤身鬼

（乱序排列，左图
为部分代表）

093

妖魔精怪汇总

- 劲节十八公
- 孤直公
- 凌空子
- 拂云叟
- 杏仙
- 黄眉大王
- 蟒蛇精
- 赛太岁
- 蜘蛛精
- 百眼魔君
- 青毛狮子怪
- 黄牙老象
- 大鹏雕
- 白鹿精
- 地涌夫人
- 南山大王
- 九灵元圣
- 辟寒大王
- 辟暑大王
- 辟尘大王

- 黄狮精
- 猱狮
- 雪狮
- 狻猊
- 白泽
- 伏狸
- 抟象
- 玉兔精
- 凌虚子
- 白衣秀士
- 虎先锋
- 伶俐虫
- 精细鬼
- 狐阿七大王
- 小钻风
- 有来有去
- 奔波儿灞
- 灞波儿奔
- 万圣龙王

（乱序排列，左图为部分代表）

西游神兵谱

紫金红葫芦

金箍棒

三尖两刃刀

紧箍

玉净瓶

金钵盂

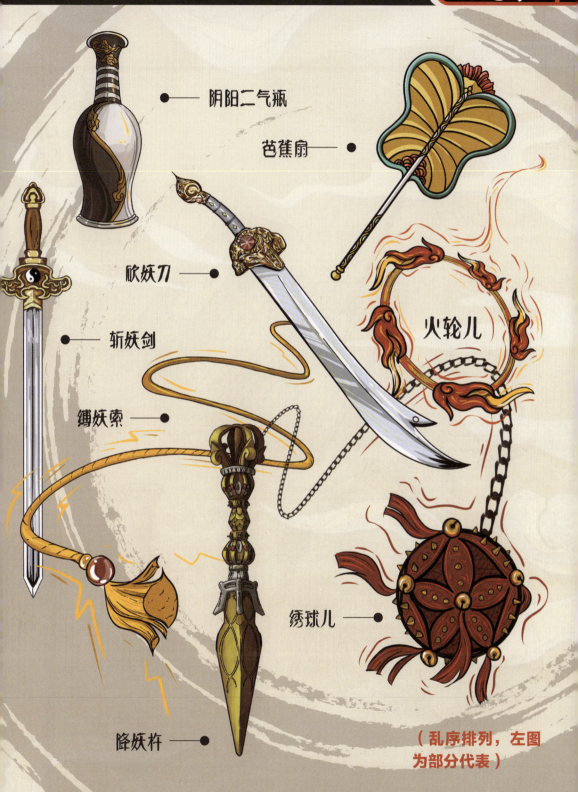

阴阳二气瓶

芭蕉扇

欣妖刀

斩妖剑

火轮儿

缚妖索

绣球儿

降妖杵

（乱序排列，左图
为部分代表）

西游神兵谱

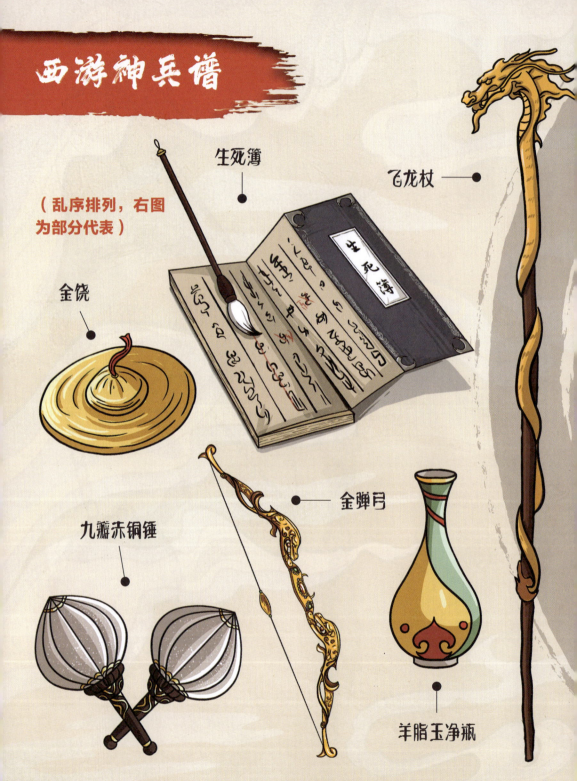

（乱序排列，右图为部分代表）

金铙

九瓣赤铜锤

生死簿

金蝉弓

飞龙杖

羊脂玉净瓶

宣花板斧

照妖镜

如意金钩子

拂尘

玲珑宝塔

西行路线图

大唐

长安城 — 双叉岭 — **两界山** — 五行山 — 鹰愁涧 — **西番哈密国界** — 观音禅院 — 黑风山

唐太宗 ／ 熊山君 特处士 寅将军 ／ 孙悟空 ／ 白龙马 ／ 金池长老 ／ 凌虚子 白衣居士 黑熊怪

落胎泉 — 琵琶洞 — 火焰山 — **西梁女儿国** — 金兜洞 — 通天河

如意真仙 ／ 蝎子精 ／ 牛魔王 铁扇公主 玉面狐狸 ／ 独角兕大王 ／ 灵感大王 癞头老鼋

祭赛国界

乱石山碧波潭 — 荆棘岭 — 小雷音寺 — 七绝山 — **朱紫国界** — 狮驼洞 — 盘丝洞 — 黄花观

九头虫 万圣龙王 万圣公主 ／ 六树精 ／ 黄眉大王 ／ 红鳞大蟒 ／ 赛太岁 ／ 金圣宫娘娘 蜘蛛精 ／ 百眼魔君

← 灵山大雷音寺 — 长安 — **大唐** — 通天河 — **车迟国界**

如来佛祖 ／ 唐太宗 ／ 癞头老鼋

乌斯藏国界

高老庄
猪八戒

浮屠山
乌巢禅师

黄风岭
黄风怪

流沙河
沙悟净

西牛贺洲

万寿山五庄观
镇元大仙
清风
明月

白虎岭
白骨精

宝象国界

车迟国界

车迟国
虎力大仙
鹿力大仙
羊力大仙

黑水河
黑水河河神

火云洞
小鼍龙
红孩儿

宝林寺
井龙王

乌鸡国界
狮猁怪

平顶山
金角大王
银角大王

波月洞
黄袍怪

比丘国界

狮驼岭
大鹏雕
黄牙老象
青毛狮子怪

清华洞
狐狸精

无底洞
白鹿精

雾隐山
地涌夫人

玉华州
艾叶花皮豹子精

凤仙郡
郡侯
玉皇大帝

豹头山
黄狮精

竹节山
九灵元圣

金平府界

天竺国

大雷音寺
燃灯古佛
迦叶
阿傩
如来佛祖

凌云渡
接引佛祖

地灵县
寇员外

天竺王宫
玉兔精

青龙山
辟寒大王
辟暑大王
辟尘大王

101

《西游记》中的优美诗词欣赏

《无题》

吴承恩（明）

枫叶满山红，黄花耐晚风。
老蝉吟渐懒，愁蟋思无穷。
荷破青绔扇，橙香金弹丛。
可怜数行雁，点点远排空。

《观雪》

吴承恩（明）

柳絮漫桥，梨花盖舍。
梨花盖舍，舍下野翁骨柮。柳絮漫桥，桥边渔叟挂蓑衣；
客子难沽酒，苍头苦觅梅。
洒洒潇潇裁剪鹅毛。团团滚滚随风势，
飘飘荡荡穿小幕，
送送层层道路迷。阵阵寒威穿小幕，嗖嗖冷气透幽帏。
丰年祥瑞从天降，堪贺人间好事宜。

《苏武慢·试问禅关》

原作冯尊师（元）吴承恩（明）改

试问禅关，参求无数，往往到头虚老。
毛吞大海，芥纳须弥，金色头陀微笑。悟时超
十地三乘，凝滞四生六道。
谁听得绝想岩前，无阴树下，杜宇一声春晓。曹溪路险，鹫岭
云深，此处故人音杳。千丈冰崖，五叶莲开，古殿帘垂香袅。
那时节，识破源流，便见龙王三宝。

名家点评《西游记》

西游记一书，自始至终，皆言诚意正心之要，明新至善之学，并无半字涉于仙佛邪淫之事。或问《西游记》果为何书？曰实是一部奇文、一部妙文。

——张书绅（清）

吴承恩撰写的幽默小说《西游记》，里面写到儒、释、道三教，包含着深刻的内容，它是一部寓有反抗封建统治意义的神话作品，吴承恩本善于滑稽，他讲妖怪的喜怒哀乐都近于人情，所以人人都喜欢看

——鲁迅

没读过《西游记》，就像没读过托尔斯泰或陀思妥耶夫斯基的小说一样，这种人侈谈小说理论，可谓大胆。

——法国当代比较文学家艾登堡

《西游记》全书故事的描写充满幽默和风趣，给读者以浓厚的兴味。

——《法国大百科全书》

杂剧
《通天河》一卷 /《盘丝洞》一卷
《车迟国》一卷 /《无底洞》一卷
《西天竺》一卷 /《无底洞传奇》一卷

京剧
《唐王游地府》《李翠莲》《刘全进瓜》
《水帘洞》《拜昆仑》《闹地府》《闹龙宫》
《美猴王》《弼马温》《安天会》《五行山》
《十八罗汉斗悟空》《高老庄》《鹰愁涧》
《流沙河》《三打白骨精》《五庄观》
《黄袍怪》《平顶山》《火云洞》《车迟国》
《通天河》《金兜洞》《女儿国》《双心斗》
《琵琶洞》《孙悟空大破玄虚洞》《芭蕉扇》
《盘丝洞》《金刀阵》《无底洞》《九狮洞》
《狮驼岭》《红梅山》《盗魂铃》《禅悟》

豫剧
《天国盛会》

《西游记》衍生戏曲

图说

西